suhrkamp taschenbuch 2516

Der im 22. Jahrhundert besiedelte Planet Regenbogen, der nur von Wissenschaftlern und deren Familien bewohnt wird, dient als Laboratorium, auf dem in großem Maßstab physikalische Experimente durchgeführt werden. Eines dieser Experimente löst die Katastrophe aus: Ein ungeheurer Flammengürtel, der sich über den Planeten zieht, droht alle und alles zu vernichten. Alle Versuche, die Katastrophe abzuwenden, schlagen fehl. Der Planet muß evakuiert werden. Es steht allerdings nur ein kleines Raumschiff zur Verfügung, das nur einen kleinen Teil der Bewohner aufnehmen kann. Wer darf das Schiff betreten? Der Raumschiffkapitän entscheidet sich im Konflikt zwischen der Rettung von angesammeltem Wissen und der Rettung menschlichen Lebens für die Kinder …

Die 1964 entstandene Erzählung *Der ferne Regenbogen* gehört zu den ersten wichtigen politischen Manifestationen der Brüder Strugatzki, denn »Literatur ohne Kritik an der gegenwärtigen Wirklichkeit gibt es nicht. Jeder Autor fängt doch gerade deshalb an zu schreiben, weil er Dinge kritisiert. Und folglich kritisiert auch jeder Autor phantastischer Literatur wohl oder übel, aber dennoch zwingend, die existente Wirklichkeit.«

Arkadi Strugatzki

Arkadi und Boris Strugatzki sind die führenden russischen Science-fiction-Autoren. Arkadi, geboren 1925, absolvierte die Hochschule für Fremdsprachen und arbeitete als Lektor und am Institut für Fremdsprachen in Moskau. Er starb 1991 in Moskau. Boris, geboren 1933, studierte Astronomie in Leningrad und war an der Sternwarte Pilkovo tätig. Seit 1964 arbeiteten sie als freie Schriftsteller, Boris in Leningrad und Arkadi in Moskau. Viele ihrer Romane wurden verfilmt, u.a. *Picknick am Wegesrand* von Andrej Tarkowski (*Stalker*). Die meisten Bücher der Strugatzkis liegen in der »Phantastischen Bibliothek« vor: *Picknick am Wegesrand* (st 670), *Die zweite Invasion der Marsianer* (st 1081), *Die häßlichen Schwäne* (st 1275), *Eine Milliarde Jahre vor dem Weltuntergang* (st 1338), *Die Wellen ersticken den Wind* (st 1508), *Der Junge aus der Hölle* (st 1658), *Das lahme Schicksal* (st 1766), *Die bewohnte Insel* (st 1946), *Die dritte Zivilisation* (st 2163), *Troika* (st 2221), *Die Schnecke am Hang* (st 2299).

Arkadi und Boris Strugatzki
Der ferne Regenbogen

Eine utopische Erzählung

Aus dem Russischen von
Aljonna Möckel

Phantastische Bibliothek
Band 330

Suhrkamp

Redaktion und Beratung: Franz Rottensteiner
Originaltitel: ДАЛЕКАЯ РАДУГА (1962)
Umschlagfoto: Hans-Jürgen Burkard/Bilderberg

suhrkamp taschenbuch 2516
Erste Auflage 1996

Druck: Nomos Verlagsgesellschaft, Baden-Baden
Printed in Germany
Umschlag nach Entwürfen von
Willy Fleckhaus und Rolf Staudt

1 2 3 4 5 6 – 01 00 99 98 97 96

Der ferne Regenbogen

1

Tanjas Hand, warm und ein wenig rauh, lag auf seinen Augen, und alles andere war ihm gleichgültig. Er spürte den bitter-salzigen Geruch des Staubs, schlaftrunken krächzten die Steppenvögel, und das trockene Gras stach und kitzelte seinen Nacken. Er lag hart und unbequem, der Hals juckte ihm unerträglich, doch er rührte sich nicht, sondern lauschte nur Tanjas gleichmäßigem Atem. Er lächelte vor sich hin und freute sich über die Dunkelheit, die sein zufriedenes und in seiner Einfalt beinahe schon anstoßerregendes Lächeln verbarg.

Da schrillte, fehl am Platz und zur unrechten Zeit, im Laboratorium auf dem Turm das Rufsignal. Sollte es nur. Es wäre nicht das erste Mal. An diesem Abend waren alle Rufsignale fehl am Platz und kamen zur unrechten Zeit.

»Robby«, flüsterte Tanja. »Hörst du?«

»Ich höre absolut nichts«, brabbelte Robert. Er zwinkerte mit den Wimpern, um Tanjas Handfläche zu kitzeln. Alles andere war in die Ferne gerückt und überflüssig: Patrick, der ständig vor Übermüdung umzufallen drohte, war fern. Auch Maljajew mit seinen Manieren einer Eis-Sphinx war fern. Und ihre Welt des Hastens, der ausgeklügelten Streitgespräche, der ewigen Unzufriedenheit und Besorgnis, diese gefühlstote Welt, in der das Klare verachtet wurde, in der man nur am Unverständlichen Gefallen fand, wo die Menschen vergaßen, daß sie Männer und Frauen waren – das alles befand sich weit weg . . . Hier gab es ausschließlich die Steppe, die den heißen Tag verschluckt hatte, die warm war und voller undefinierbarer, erregender Düfte.

Abermals schepperte das Signal.

»Jetzt ist es wieder da«, sagte Tanja.

»Laß nur. Ich existiere nicht. Ich bin gestorben. Mich haben die Spitzmäuse gefressen. Ich fühl' mich sehr wohl so. Ich liebe dich. Nirgends will ich hingehen. Warum auch? Würdest du denn gehen?«

»Ich weiß nicht.«

»Du weißt nicht? Weil du nicht genügend liebst. Ein Mensch, der genügend liebt, geht niemals irgendwohin.«

»Theoretiker«, sagte Tanja.

»Ich bin kein Theoretiker. Ich bin Praktiker. Und als Praktiker frage ich dich: Aus welchem Grund sollte ich plötzlich irgendwohin gehen? Lieben muß gekonnt sein. Ihr aber könnt es nicht. Ihr fachsimpelt bloß über die Liebe. Ihr liebt die Liebe nicht. Ihr liebt nur, über sie zu reden. Schwatze ich sehr viel Unsinn?«

»Ja. Furchtbar viel.«

Er nahm ihre Hand von seinen Augen und legte sie sich auf die Lippen. Jetzt sah er den wolkenverhangenen Himmel und die roten Positionslichter am Turmgerüst in zwanzig Meter Höhe.

Das Signal heulte ununterbrochen, und Robert stellte sich den erzürnten Patrick vor, wie er auf die Signaltaste drückte und dabei beleidigt die gutmütigen dicken Lippen vorstülpte.

»Ich werde dich gleich mal abschalten«, murmelte Robert. »Tanjuscha, willst du, daß ich ihn für immer zum Schweigen bringe? Denn alles müßte für immer sein. Wir werden uns für immer lieben, und er würde für immer schweigen.«

In der Dunkelheit konnte er ihr Gesicht erkennen – hell, mit großen, glänzenden Augen. Sie zog die Hand weg und sagte: »Vielleicht sollte lieber ich mal mit ihm sprechen. Ich sage, daß ich eine Halluzination bin. Nachts kommen einem Halluzinationen.«

»Er hat niemals Halluzinationen. Das ist ein Mensch, Tanjuscha, der sich niemals etwas vormacht.«

»Soll ich dir sagen, was das für einer ist? Es ist nämlich meine Leidenschaft, den Charakter eines Menschen über Videophon zu erraten. Er ist halsstarrig, böse und taktlos. Um nichts auf der Welt würde er nachts mit einer Frau in der Steppe sitzen wollen. So einer ist das – da gibt es nichts dran zu deuteln. Von der Nacht weiß er nur, daß sie dunkel ist.«

»Nein«, erwiderte Robert, der für Gerechtigkeit war. »Was das Sitzen nachts in der Steppe angeht, da hast du recht. Aber dafür ist er gutmütig, weichherzig und phlegmatisch.«

»Das glaube ich nicht«, sagte Tanja. »Hör doch nur mal.« Sie lauschten. »Nennst du das etwa phlegmatisch? Das ist ein ausgesprochener Dickkopf.«

»Ist das dein Ernst? Das soll er zu hören bekommen.«

»Bitte schön. Geh hin und sag es ihm.«

»Jetzt gleich?«

»Sofort.«

Robert stand auf, aber Tanja blieb sitzen, die Arme um die Knie geschlungen.

»Gib mir erst noch einen Kuß«, bat sie.

Im Fahrstuhl preßte er seine Stirn gegen die kühle Wand und stand so einige Zeit mit geschlossenen Augen. Er lächelte und leckte sich die Lippen. In seinem Kopf war kein einziger klarer Gedanke. Lediglich in seinem Innern sang eine triumphierende Stimme: Sie liebt mich! Mich! Mich liebt sie! Da könnt ihr mal sehen! Mich! Dann stellte er fest, daß der Lift längst hielt, und versuchte, die Tür zu öffnen. Er fand sie nicht gleich. Im Labor schienen viele überflüssige Möbel herumzustehen. Er riß Stühle um, stolperte über Tische und stieß sich an Schränken, bis ihm klar wurde, daß er vergessen hatte, Licht zu machen. Er brach in Lachen aus, tastete nach dem Schalter, richtete die Sessel wieder auf und setzte sich endlich ans Videophon.

Als Patrick, verschlafen wie immer, auf dem Bildschirm erschien, begrüßte Robert ihn ziemlich lax: »Guten Abend, Meerschweinchen! Wieso schläfst du denn noch nicht, meine kleine Meise, meine Bachstelze?«

Patrick sah ihn verdutzt an, wobei er dauernd mit den entzündeten Augenlidern zwinkerte.

»Was guckst du denn wie ein Hundchen? Hast in einer Tour geklingelt, mich von wichtigen Dingen weggeholt, und jetzt kriegst du kein Wort heraus!«

Endlich öffnete Patrick den Mund. »Bei dir ist wohl . . . du . . .« Er klopfte sich mit der Faust gegen die Stirn, und auf seinem Gesicht erschien ein fragender Ausdruck. »He?«

»Keine Spur!« rief Robert aus. »Das ist nur die Einsamkeit. Die Langeweile. Und dann noch zu allem Überfluß Halluzinationen. Die hätte ich beinahe vergessen.«

»Du machst Witze, wie?« fragte Patrick ernsthaft.

»Witze? Das fehlte noch! Im Dienst scherzt man nicht. Also schieß los.«

Patrick klappte verdattert mit den Augen. »Das verstehe ich nicht«, gab er zu.

»Wie solltest du auch«, sagte Robert schadenfroh. »Das sind Gefühle, Patrick, weißt du . . . Wie könnte ich es dir bloß ein bißchen einfacher erklären, verständlicher . . . Etwa so: nicht ganz in Algorithmen zu fassende Empfindungen in den übergeordneten logischen Komplexen. Klar?«

»Aha«, antwortete Patrick. Er kraulte sich den Bart und konzentrierte sich. »Warum ich dich also gerufen habe, Robby. Folgendes: Es strömt wieder irgendwas aus. Ich weiß es aber nicht genau. Kontrollier doch sicherheitshalber mal die Ulmotrone. Da ist so eine seltsame Welle . . .«

Robert schaute verstört zum offenen Fenster hinaus. Die Eruption hatte er total vergessen. Dabei saß er ja ihretwegen hier. Nicht wegen Tanja, sondern wegen irgend so einer undefinierbaren Welle.

»Was schweigst du denn?« fragte Patrick geduldig.

»Ich halte nach der Welle Ausschau«, sagte Robert wütend.

Patrick riß die Augen auf. »Du siehst die Welle?«

»Ich? Wie kommst du denn darauf?«

»Na, du hast doch eben gesagt, daß du Ausschau hältst.«

»Ja, tu' ich auch.«

»Und?«

»Und Schluß. Was willst du eigentlich von mir?«

Patricks Augen wurden wieder schläfrig. »Ich habe dich nicht verstanden«, sagte er. »Wovon hatten wir doch gleich gesprochen? Ach ja. Also sieh sofort mal die Ulmotrone durch.«

»Weißt du überhaupt, was du da redest? Wie kann ich die Ulmotrone durchsehen?«

»Irgendwie wird's schon gehen«, erwiderte Patrick. »Wenigstens die Verbindungselemente . . . Wir sind hier ganz durcheinander. Ich will es dir genauer erklären. Wir haben doch heute im Institut ein Stück Masse zur Erde geschickt . . . Aber das weißt du ja selbst.« Patrick fuhr sich mit gespreizten Fingern übers Gesicht. »Wir haben eine Welle von großer Stärke erwartet, registriert jedoch wurde lediglich eine schwache Fontäne . . . Ein Fontänchen . . .« Er rückte nah ans Videophon heran, so daß auf dem Bildschirm nur noch ein riesiges, vor Schlaflosigkeit trübes Auge zu sehen war. Das Auge zwinkerte heftig.

»Hast du begriffen?« dröhnte es ohrenbetäubend aus dem Lautsprecher. »Unsere Apparate registrieren ein Quasi-Null-Feld. Unser Babyrechner gibt ein Minimum an . . . Das könnte man ja noch außer acht lassen . . . Die Kraftfelder der Ulmotrone überschneiden sich aber so, daß die Resonanzoberfläche in der fokalen Hyperdistanz liegt . . . Kommst du mit? Das Qasi-Null-Feld ist zwölfphasig, der Empfänger jedoch engt es auf je sechs Zweierkomponenten ein . . .«

Roberts Gedanken schweiften zu Tanja ab, die geduldig dort unten saß und wartete. Indessen fuhr Patrick in seinem Redeschwall fort. Sein Gesicht auf dem Bildschirm wurde abwechselnd groß und klein, und seine Stimme hallte laut oder lispelte bis zur Unkenntlichkeit. Robert hatte, wie üblich, schon sehr bald den Faden verloren. Er nickte ab und zu, legte überzeugend die Stirn in Falten, runzelte die Brauen, doch in Wirklichkeit verstand er nichts. Voller Qualen dachte er an Tanja, die unten saß, das Kinn auf die Knie gestützt, und wartete, bis er sein wichtiges und für Uneingeweihte schier unbegreifliches Gespräch mit den führenden Null-Physikern des Planeten beendete, bis er diesen führenden Null-Physikern seinen überaus originellen Standpunkt zu der Frage darlegte, derentwegen man ihn so spätnachts beunruhigt hatte, und die führenden Null-Physiker, vor Staunen die Köpfe schüttelnd, diesen seinen Standpunkt in ihre Notizblöcke eintrugen.

Da verstummte Patrick und schaute ihn eigentümlich an. Diesen Gesichtsausdruck kannte Robert nur zu gut, er war sein Leben lang davon verfolgt worden. Die verschiedensten Leute – sowohl Männer als auch Frauen – bedachten ihn mit solchen Blicken. Anfangs sahen sie ihn gleichgültig an oder auch zärtlich, dann erwartungsvoll, schließlich voller Neugier, doch früher oder später kam der Moment, da sie ihn mit ebendiesen Blicken betrachteten. Und jedesmal aufs neue fragte er sich, was er tun sollte, was sagen, wie sich verhalten. Und wie weiterleben.

Er riskierte einen Einwurf. »Sicher hast du recht«, meinte er besorgt. »Allerdings muß das alles sorgfältig durchdacht werden.«

Patrick senkte den Blick. »Tu das«, sagte er und lächelte unbeholfen. »Und vergiß bitte nicht, die Ulmotrone zu kontrollieren.«

Der Bildschirm verlosch, und es wurde still. Robert saß da, in sich zusammengesunken, beide Hände um die kalten, unebenen Armlehnen gekrallt. Irgendwer hatte irgendwo einmal gesagt, daß ein Dummkopf, der begriffen hat, daß er ein Dummkopf ist, schon allein auf Grund dieser Tatsache kein Dummkopf ist. Möglicherweise mochte das irgendwann einmal gestimmt haben. Doch eine Dummheit, die einmal ausgesprochen wurde, blieb immer eine Dummheit. Anders kann ich mich wohl gar nicht verhalten, dachte Robert bei sich. Ich bin mir schon ein interessanter Kerl: alles, was ich sage, ist bekannt; alles, worüber ich nachdenke, banal; alles, was mir bisher zu tun gelungen ist, bereits im vorigen Jahrhundert erprobt. Ich bin nicht schlechthin ein Holzklotz, ich bin ein seltener Holzklotz, museumsreif wie ein Hetmansstab. Robert erinnerte sich daran, wie ihm der alte Netschiporenko einst nachdenklich in die ergebenen Augen geblickt und dann gemurmelt hatte: »Mein lieber Skljarow, Sie haben die Gestalt einer antiken Gottheit. Und wie jeglicher Gott, verzeihen Sie mir, sind Sie mit der Wissenschaft absolut nicht vereinbar ...«

Irgend etwas knackte. Robert hielt den Atem an und betrachtete verdutzt das Stück Armlehne, das er in seiner vor Anstrengung weißen Faust preßte.

»Ja«, sagte er laut. »So etwas bringe ich fertig. Patrick vermag das nicht. Netschiporenko auch nicht. Ich allein kann das.«

Er legte das Bruchstück auf den Tisch, stand auf und trat ans Fenster. Draußen war es dunkel und schwül. Vielleicht müßte er von sich aus gehen, bevor sie ihn hier wegjagten? Aber wie sollte er bloß ohne sie existieren? Und ohne das eigenartige Gefühl jeden Morgen, heute vielleicht könnte dieser unsichtbare und hartnäckige Knoten im Gehirn endlich platzen, deswegen er anders war als sie. Dann könnte auch er sie in der Andeutung verstehen und plötzlich in dem Durcheinander der mathematischen Symbole etwas völlig Neues entdecken, so daß Patrick ihm auf die Schulter klopfte und erfreut ausriefe: »Das ist ja ein tolles Ding! Wie bist du bloß daraufgekommen?« und daß Maljajew sich widerwillig die Worte abrang: »Nicht schlecht, nicht schlecht ... Das lag nicht auf der Hand ...« Dann würde er sich endlich selbst achten können.

»Kretin«, murmelte er.

Ich muß die Ulmotrone durchsehen. Soll Tanja ruhig hier sitzen und zuschauen, wie das gemacht wird. Nur gut, daß sie meine Visage nicht gesehen hat, nachdem der Bildschirm erloschen war.

»Tanjuscha«, rief er zum Fenster hinaus.

»Jaa?«

»Tanjuscha, weißt du, daß Roger im vorigen Jahr mich zum Modell genommen hat, als er die ›Jugend‹ meißelte?«

Nach einer kurzen Pause sagte Tanja leise: »Warte, ich komm zu dir rauf.«

Robert wußte, daß die Ulmotrone in Ordnung waren, er fühlte es. Dennoch beschloß er, all das zu kontrollieren, was unter Laborbedingungen möglich war. Erstens wollte er die trüben Gedanken verjagen, die das Gespräch mit Patrick in ihm geweckt hatte, zweitens verstand und liebte er es, mit den Händen zu arbeiten. Das erfüllte ihn wenigstens für kurze Zeit mit dem freudigen Gefühl der eigenen Bedeutung und Nützlichkeit, ohne das man heutzutage einfach nicht mehr leben kann.

Tanja, das liebe und feinfühlige Mädchen, saß anfangs schweigend da und machte sich dann ebenso schweigend daran, ihm zu helfen. Um drei Uhr nachts rief Patrick nochmals an, und Robert berichtete ihm, daß keinerlei undichte Stellen zu finden seien, daß also nichts hatte ausströmen können. Patrick zeigte sich besorgt. Er seufzte einige Zeit vor dem Bildschirm herum, stellte auf einem Fetzen Papier irgendwelche Berechnungen an. Dann rollte er das Papier zu einem Röhrchen zusammen und formulierte wie gewöhnlich eine rhetorische Frage. »Und was müssen wir annehmen in diesem Fall, Robby?«

Robert warf einen scheelen Blick zu Tanja hinüber, die gerade vom Duschen zurückkam und nun verstohlen neben dem Videophon Platz nahm. Dann antwortete er ausweichend, daß er darin eigentlich kein besonderes Problem sehe. »Eine gewöhnliche reguläre Fontäne«, sagte er. »Schon nach dem gestrigen Null-Transport wurde sie wirksam, und in dieser Woche ist sie wieder aufgetreten.« Nach kurzem Nachdenken fügte er hinzu, daß die Kapazität der Fontäne etwa hundert Gramm transportierter Masse entspreche. Patrick schwieg noch immer, und Robert hatte den Eindruck, er sei unsicher geworden. »Das ganze Problem liegt in der Masse«, fuhr Robert fort. Er schaute auf den Minicomputer und wiederholte, nun schon selbst überzeugt: »Jawohl, hundert bis hundertfünfzig Gramm. Wieviel wurde heute abgeschickt?« – »Zwanzig Kilo«, antwortete Patrick. – »Ach . . . zwanzig Kilo . . . Ja, dann geht die Rechnung allerdings nicht auf.« Plötzlich kam Robert die Erleuchtung. »Nach welcher Formel habt ihr denn die Kapazität errechnet?« fragte er. – »Nach Dramba«, antwortete Patrick gleichgültig. – Genau das hatte Robert erwartet. Die Dramba-Formel erlaubte zwar eine Stärkeberechnung bis aufs I-Tüpfelchen, doch er selbst hatte sich schon seit langem eine eigene Universalformel zurechtgelegt, nach der er die Eruptionsstärke unkontrolliert freigesetzter Materie noch genauer zu bestimmen glaubte, eine Formel, sorgsam überprüft, von ihm fixiert und sogar farbig umrandet. Nun war, wie es schien, der ideale Moment gekommen, um Patrick all ihre Vorzüge zu demonstrieren.

Robert wollte schon nach dem Bleistift greifen, da glitt Patrick plötzlich vom Bildschirm fort. Robert wartete und biß sich dabei auf die Lippen. Jemand fragte: »Willst du abschalten?« Patrick gab keine Antwort. Auf dem Bildschirm erschien Karl Hoffmann, nickte Robert lässig zu und rief über die Schulter: »Patrick, wirst du noch sprechen?« Patrick murmelte von weit her: »Ich verstehe überhaupt nichts mehr. Damit muß man sich sehr gründlich beschäftigen.« – »Ich habe dich gefragt, ob du hier noch weitersprechen willst«, wiederholte Hoffmann. – »Aber nein doch, nein«, rief Patrick gereizt aus. Da lächelte Hoffmann nachsichtheischend und sagte: »Entschuldige, Robby, wir wollen uns hier schlafen legen. Ich schalte ab, ja?«

Robert biß die Zähne so fest zusammen, daß es in den Ohren knackte. Dann legte er betont langsam ein Blatt Papier vor sich hin und schrieb mehrmals hintereinander seine geliebte Formel auf, wobei er die Achseln zuckte und forsch sagte: »Das habe ich mir gedacht. Alles klar. Wir können ruhig Kaffee trinken.«

Doch er war sich selbst äußerst zuwider und blieb so lange vor dem kleinen Geschirrschränkchen sitzen, bis er seine Gesichtsmuskulatur wieder in der Gewalt hatte. Tanja sagte: »Den Kaffee kochst du, nicht wahr?«

»Warum ich?«

»Koch ihn nur, ich schau zu.«

»Warum denn das?«

»Ich sehe dir gern bei der Arbeit zu. Du arbeitest nämlich sehr *vollkommen*. Du machst keine einzige überflüssige Bewegung.«

»Wie ein Roboter«, sagte er, aber ihre Worte berührten ihn angenehm.

»Nein, nicht wie ein Roboter. Du arbeitest einfach vollkommen. Und am Vollkommenen hat man immer Freude.«

»Modell für die Jugend«, murmelte er. Er war ganz rot vor Genugtuung.

Robert trug das Geschirr auf und schob das Tischchen ans Fenster. Sie setzten sich, er schenkte den Kaffee ein. Tanja saß neben ihm, die Beine übereinandergeschlagen. Sie war auffallend hübsch, und abermals überkam ihn ein eigentümliches, fast närrisches Staunen, gepaart mit einem Gefühl der Hilflosigkeit. »Tanja«, sagte er. »Daß du hier bist, kann nicht wahr sein. Du bist eine Halluzination.«

Sie lächelte.

»Du kannst lachen, soviel du willst. Ich weiß auch ohne dich, daß du mich jetzt für ziemlich kindisch halten wirst. Aber ich kann nichts dagegen tun. Ich würde dir am liebsten wie ein junger Hund den Kopf unter die Achsel stuken und mit dem Schwanz wedeln. Und du müßtest mir den Rücken tätscheln und sagen: »Ach, du Dummkopf.«

»Ach, du Dummkopf«, wiederholte Tanja.

»Und das Rückentätscheln?«

»Das Rückentätscheln kommt später. Und auch das Stuken unter die Achsel.«

»Also gut, später. Aber jetzt? Wenn du willst, mache ich mir ein Halsband. Oder besser einen Maulkorb?«

»Nein, keinen Maulkorb«, antwortete Tanja. »Ich will dich ohne Maulkorb.«

»Und warum willst du mich ohne Maulkorb?«

»Ohne Maulkorb gefällst du mir.«

»Eine akustische Halluzination«, sagte Robert. »Wodurch könnte ich dir schon gefallen?«

»Du hast schöne Beine.«

Die Beine waren Roberts schwacher Punkt. Sie waren zwar kräftig, aber etwas ungestalt. Für die Beine der »Jugend« hatte darum Karl Hoffmann Modell gestanden.

»Das dachte ich mir schon«, erwiderte Robert. Er trank den Kaffee, der inzwischen abgekühlt war, in einem Zug aus. »Aber wenn du's nicht verraten willst, sag ich dir wenigstens, warum ich dich liebe. Ich bin ein Egoist. Vielleicht bin ich der größte Egoist auf Erden. Ich liebe dich, weil du der einzige Mensch bist, der mich in gute Stimmung versetzen kann.«

»Das ist meine Spezialität«, antwortete Tanja.

»Eine wunderbare Spezialität. Schlecht daran ist nur, daß durch dich jeder, egal ob jung oder alt, in gute Stimmung kommt. Vor allem jung. Alle möglichen x-beliebigen Leute. Mit normalen Beinen.«

»Danke, Robby.«

»Als ich neulich bei euch im Kinderstädtchen war, ist mir ein Bengel aufgefallen. Er hieß wohl Walja . . . oder Warja . . . So ein Blonder mit Sommersprossen und grünen Augen.«

»Nicht Bengel, sondern Junge. Er heißt Warja«, antwortete Tanja.

»Nun leg nicht jedes Wort auf die Goldwaage. Ich erhebe nämlich Anklage. Dieser Warja mit seinen grünen Augen hat es gewagt, dich dermaßen anzustarren, daß es mir in den Händen gejuckt hat.«

»Die Eifersucht eines maßlosen Egoisten.«

»Natürlich Eifersucht.«

»Nun stell dir aber mal vor, wie eifersüchtig der andere sein muß.«

»Wieso?«

»Na, stell dir doch vor, mit welchen Gefühlen er dich angesehen haben muß: die zwei Meter hohe ›Jugend‹, den Athleten, den schönen Mann, den Null-Physiker, der die Erzieherin auf den Armen trägt, und die Erzieherin schmilzt vor Liebe . . .«

Robert lachte glücklich auf. »Tanjuscha, wie soll er denn das bemerkt haben? Wir waren doch allein damals!«

»Bei uns in der Kinderstadt ist man nie allein.«

»Das stimmt . . .«, sagte Robert gedehnt. »Wenn ich mich an meine eigene Schulzeit erinnere: hübsche Erzieherinnen und fünfzehnjährige Schlakse . . . Ich bin sogar soweit gegangen, Blumen ins Fenster zu werfen . . .

Sag mal, Tanjuscha, verlieben eure Schüler sich eigentlich oft?«

»Sehr oft«, antwortete Tanja nachdenklich. »Vor allem die Mädchen. Sie entwickeln sich schneller. Und einige unserer männlichen Erzieher sind Kosmonauten, richtige Helden . . .«

»Tanja«, sagte Robert unvermittelt, »was ist ein Dummkopf?«

»Ein Schimpfwort«, antwortete Tanja.

»Und außerdem?«

»Ein eingebildeter Kranker, dem keinerlei Medikamente helfen.«

»Das ist kein Dummkopf«, entgegnete Robert, »sondern ein Simulant.«

»Meinetwegen ein Simulant. Ich habe bloß an ein japanisches Sprichwort gedacht: Es gibt keine Medizin, die einen Dummkopf heilt.«

»Aha«, sagte Robert. »Also ist ein Verliebter gleichfalls ein Dummkopf. Ein Verliebter ist unheilbar krank. Du hast mich getröstet.«

»Bist du denn verliebt?«

»Ja, unheilbar.«

Die Wolken hatten sich verzogen und gaben den Sternenhimmel frei. Der Morgen rückte näher.

»Schau mal, dort ist die Sonne«, sagte Tanja.

»Wo?« fragte Robert ohne große Begeisterung.

Tanja knipste das Licht aus, setzte sich ihm auf den Schoß und zeigte sie ihm. »Siehst du die vier glitzernden Sterne da drüben? Das ist der Zopf der Schönen. Ganz oben links ist ein winziger, schwach leuchtender Punkt. Dort, sage ich immer zu meinen Mädchen, sind wir alle geboren. Ich früher, ihr später. Das ist unsere Sonne. Oljenka allerdings ist hier zur Welt gekommen, auf dem Regenbogenplaneten, aber ihre Mutter und ihr Vater stammen auch von diesem Stern. Und nächstes Jahr in den Sommerferien fahren wir mit der ganzen Gruppe dorthin.«

Robert ging auf den Ton ein. »Wirklich, Tatjana Alexandrowna? Fahren wir wirklich dorthin?« Er küßte sie auf die Wange. »Wie fein! Wir wollen alle zusammen fliegen! In einer ›Tariel‹! Alle zusammen. Und ich möchte meine Puppe mitnehmen!« Er gab ihr noch einen Kuß.

Sie umarmte ihn.

»Meine Mädchen spielen nicht mit Puppen.«

Robert nahm sie in die Arme, und erst jetzt entdeckte er in dem grünlichen Dämmerlicht der Apparaturen eine hochaufgeschossene menschliche Gestalt im Sessel vor dem Schreibtisch. Er zuckte zusammen.

»Ich denke, jetzt können wir Licht machen«, sagte der Mann im Sessel, und Robert wurde sofort klar, wen er da vor sich hatte.

»Ah, da ist ein Dritter aufgetaucht«, sagte Tanja. »Na dann laß mich mal runter, Robby.«

Sie glitt aus seinen Armen und suchte nach ihrem Schuh.

»Wissen Sie was, Kamillo«, begann Robert gereizt.

»Ich weiß«, sagte Kamillo.

»Na so ein Wunder«, bemerkte Tanja und zog sich den Schuh an. »Man sollte es nicht für möglich halten, daß bei uns auf eine Million Quadratkilometer nur je ein Mensch kommt. Möchten Sie Kaffee?«

»Nein, vielen Dank«, antwortete Kamillo.

Robert machte Licht. Kamillo saß, wie üblich, in einer wenig bequemen Haltung, die einen unangenehm berührte. Wie stets trug er einen weißen Plasthelm, der Stirn und Ohren bedeckte. Sein Gesicht hatte den gewohnten herablassend-gelangweilten Ausdruck, und in seinen Glaskugelaugen war weder Neugier noch Verlegenheit zu bemerken. Robert blinzelte ins Licht und fragte: »Sie sind hoffentlich noch nicht lange hier?«

»Nein, noch nicht lange. Ich habe gar nichts von euch bemerkt.«

»Danke, Kamillo«, sagte Tanja forsch und kämmte sich. »Sie sind sehr taktvoll.«

»Taktlos sind nur Nichtstuer«, antwortete Kamillo.

Robert wurde wütend. »Was haben Sie überhaupt hier zu suchen, Kamillo? Was ist das für eine ekelhafte Manier, immer wie ein Gespenst zu erscheinen?«

»Ich antworte der Reihe nach«, begann Kamillo ruhig. Das war auch so eine Angewohnheit von ihm, immer »der Reihe nach« zu antworten. »Ich bin hierher gekommen, weil die Eruption beginnt. Sie wissen genau, Robby«, er schloß sogar die Augen vor Überdruß, »daß ich jedesmal hier aufkreuze, wenn sich an Ihrem Vorposten eine Eruption ankündigt. Außerdem ...«

Er öffnete die Augen wieder und schaute einige Zeit schweigend auf die Instrumente.

»Außerdem sind Sie mir sympathisch, Robby.«

Robert schielte zu Tanja hinüber. Sie lauschte aufmerksam und hielt den Kamm wie erstarrt in der erhobenen Hand.

»Was meine Manieren angeht«, fuhr Kamillo eintönig fort, »so sind sie seltsam. Die Manieren jedes Menschen sind seltsam, er kann sein, wie er will. Nur einem selbst kommen sie natürlich vor.«

»Kamillo«, fragte Tanja unvermittelt, »wieviel ist eigentlich sechshundertfünfundachtzig mal drei Millionen achthunderttausenddreiundfünfzig?«

Zu seiner riesigen Verwunderung bemerkte Robert, daß auf Kamillos Gesicht so etwas wie ein Lächeln erschien. Der Anblick war zum Gruseln. So hätte auch der Babyrechner lächeln können.

»Viel«, antwortete Kamillo. »An die drei Milliarden.«

»Eigenartig«, sagte Tanja nachdenklich.

»Was ist eigenartig?« fragte Robert.

»Ziemlich genau getroffen«, erklärte Tanja. »Sagen Sie, Kamillo, warum wollen Sie denn nicht ein Täßchen Kaffee haben?«

»Vielen Dank, aber ich mach mir nichts aus Kaffee.«

»Also dann auf Wiedersehen. Bis zum Kinderstädtchen fliege ich vier Stunden. Robby, bringst du mich runter?«

Robert nickte und schaute voller Verdruß auf Kamillo. Der aber betrachtete den Minicomputer. Es sah aus, als beobachte er sich im Spiegel.

Wie gewöhnlich ging die Sonne auf dem Regenbogenplaneten an einem völlig klaren Himmel auf. Es war eine kleine weiße Sonne, von einem dreifachen Hof umgeben. Der Nachtwind hatte sich gelegt, und es war noch schwüler geworden. Die gelblichbraune Steppe mit ihren kahlen, salzbödigen Flecken schien tot zu sein. Dort, wo der Boden nackt war, hingen flirrende Dunstschleier – die Dämpfe der flüchtigen Salze.

Robert schloß das Fenster und schaltete die Klimaanlage ein, dann reparierte er gemächlich und voller Genuß die Armlehne. Kamillo ging währenddessen langsam und lautlos im Labor umher, schaute hin und wieder zum Fenster hinaus, das nach Norden lag. Ihm war offensichtlich nicht im geringsten heiß, während Robert schon allein der Anblick des anderen ins Schwitzen brachte: die dicke weiße Jacke, die langen weißen Hosen, der runde, blitzende Helm. Solche Helme stülpten sich zuweilen die Null-Physiker bei ihren Experimenten über: sie schützten vor Strahleneinwirkung.

Robert hatte einen ganzen Tag Wachdienst vor sich, zwölf Stunden sengender Sonne über dem Dach, ehe sich die Eruptionsgase verflüchtigt hatten und die Folgen des gestrigen Experiments beseitigt waren. Er zog sich bis auf die Turnhose aus. Die Klimaanlage arbeitete auf Hochtouren, mehr konnte er nicht aus ihr herausholen.

Schön müßte es sein, flüssige Luft auf den Fußboden spritzen zu können. Zwar hatten sie flüssige Luft, aber nur sehr wenig, und die wurde für den Generator benötigt. Es würde ihm also nichts anderes übrigbleiben, als die Qualen zu erdulden. Ergeben setzte sich Robert abermals an die Instrumente. Gott sei Dank war es wenigstens im Sessel kühl, und der Bezug klebte nicht am Körper fest.

Wie es immer so schön heißt, kommt es schließlich nur darauf an, auf seinem Platz zu sein. Dieser Platz war hier, und Robert erfüllte seine kleinen Pflichten nicht schlechter als die anderen. Es war ja wahrhaftig nicht seine Schuld, daß er nicht zu Größerem taugte. Übrigens handelte es sich gar nicht darum, ob er auf seinem Platz war oder nicht. Selbst wenn er es gewollt hätte, er konnte nicht von hier fort. Er war einfach gefesselt an diese Menschen, die ihn so in Rage brachten, und an dieses grandiose, ihm so unverständliche Durcheinander.

Er erinnerte sich, daß ihn die Problematik des sekundenschnellen Transports fester Körper durch die Abgründe des Raums schon in der Schule begeistert hatte. Dieser Vorgang stand allem entgegen, was bisher dagewesen war: den überkommenen Vorstellungen vom absoluten Raum, dem Raum-Zeit-Begriff, dem Kappa-Raum ... Damals nannte man ihn den »Durchbruch der Rimanowo-Falte«. Danach hieß es »Hyperdurchdringung«, »Sigmadurchdringung«, »Null-Begrenzung«. Schließlich dann »Null-Transport«, abgekürzt »Null-T«. »Null-T-Anlage«, »Null-T-Problematik«, »Null-T-Forscher«. »Null-Physiker«. – »Wo arbeiten Sie?« – »Ich bin Null-Physiker.« – Ein erstaunter, bewundernder Blick. »Ach, erzählen Sie uns doch bitte, was das ist: Null-Physik.

Ich kann mir überhaupt nichts darunter vorstellen.« – »Ich auch nicht.« Na ja . . .

In der Tat, darüber gäbe es schon einiges zu erzählen. Etwa über die verblüffende Metamorphose, die den elementaren Gesetzen von der Erhaltung der Masse widerfuhr, wenn der Null-Transport eines kleinen Platinwürfels, vom Äquator des Regenbogenplaneten aus vorgenommen, an dessen Polen – warum nur gerade an den Polen! – den Ausbruch gigantischer Fontänen unkontrolliert freigesetzter Materie bewirkte: Feuergeiser, die zum Erblinden führten, oder die schreckliche schwarze Welle, die eine tödliche Gefahr für alles Leben darstellte . . .

Auch von den heftigen, in ihrer Unversöhnlichkeit erschreckenden Zusammenstößen der Null-Physiker selbst könnte man berichten, von dem unüberbrückbaren Zwiespalt, der zwischen diesen hochtalentierten Menschen bestand. Wo man doch annehmen sollte, daß sie Schulter an Schulter arbeiten würden, statt sich zu zerstreiten. Freilich wußten nur wenige, daß zum Beispiel Etienne Lamondois die Null-Physik beharrlich im Zeichen des Null-Transports betrieb, während die Schule der Jungen als Kernfrage der Null-Problematik die Welle betrachtete, diesen neuen Dämon der Wissenschaft, diesen Geist, der aus der Flasche strebte.

Oder man könnte schildern, daß es aus bisher ungeklärten Gründen noch immer nicht gelungen war, den Null-Transort lebender Materie zu verwirklichen. Die armen Versuchshunde, stets die Leidtragenden, kamen als Klumpen organischer Schlacke ans Ziel . . .

Schließlich könnte man von den Null-Fliegern sprechen, von diesen »stürmischen Zehn«, den großartigen Gaba an der Spitze, diesen kräftigen, durchtrainierten Jungs, die sich nun schon drei Jahre lang auf dem Regenbogenplaneten in ständiger Bereitschaft hielten, um eines Tages statt der Hunde in die Startkammer zu klettern.

»Wir werden uns bald trennen, Robby«, sagte Kamillo plötzlich. Robert, der eingenickt war, zuckte zusammen. Kamillo stand, mit dem Rücken zu ihm, am Fenster, das nach Norden hinausging. Robert richtete sich auf und fuhr sich mit der Hand übers Gesicht. Seine Handfläche war naß.

»Warum?« fragte er.

»Die Wissenschaft . . . wie ist das alles trostlos, Robby.«

»Das weiß ich schon lange«, knurrte Robert.

»Für euch ist die Wissenschaft ein Labyrinth. Sackgassen, dunkle Winkel, jähe Windungen. Ihr seht nichts weiter als Wände. Und ihr wißt nichts über das Endziel. Ihr habt verkündet, daß euer Ziel darin besteht, bis zur Grenze der Unendlichkeit zu gelangen, das heißt, ihr erklärt einfach, daß es kein Ziel gibt. Ihr meßt euren Erfolg nicht am Weg bis zum Ende, sondern am Weg vom Start an. Zu eurem Glück seid ihr nicht imstande, die Abstraktionen in Wirklichkeit umzusetzen. Ziel, Ewigkeit, Undendlichkeit – das sind nur Worte für euch. Abstrakte philosophische Kategorien. In eurem täglichen Leben haben sie keinerlei Bedeutung. Aber wenn ihr dieses ganze Labyrinth einmal von oben gesehen hättet ...«

Kamillo verstummte. Robert wartete und fragte dann: »Haben Sie es denn gesehen?«

Kamillo gab keine Antwort, und Robert bestand nicht weiter auf seiner Frage. Er seufzte, stützte das Kinn auf die Fäuste und schloß die Augen. Der Mensch spricht und handelt, dachte er. Und das alles sind äußere Erscheinungen irgendwelcher Prozesse in der Tiefe seiner Natur. Die Natur vieler Menschen ist ziemlich unbedeutend, und darum dringen alle möglichen inneren Regungen sofort an die Oberfläche, äußern sich als leeres Geschwätz und sinnloses Herumfuchteln mit den Armen. Bei solchen Menschen wie Kamillo aber mußte es sich um außerordentlich starke Regungen handeln, sonst würden sie nicht nach außen gelangen. Wenn ich nur einmal einen winzigen Blick in sein Inneres werfen könnte. Und Robert stellte sich einen gähnenden Abgrund vor, in dessen Tiefen formlose, phosphoreszierende Schatten dahinhuschten.

Kamillo war nicht beliebt. Zwar kannten ihn alle – es gab auf dem Regenbogenplaneten keinen Menschen, dem sein Name nicht vertraut gewesen wäre –, doch niemand liebte ihn. In einer solchen Vereinsamung hätte er, Robert, den Verstand verloren. Kamillo jedoch störte das offensichtlich überhaupt nicht. Er war immer allein. Niemand wußte, wo er wohnte. Er erschien ebenso plötzlich, wie er verschwand. Sein weißer Helm tauchte einmal in der Hauptstadt auf, einmal auf offener See, und es gab Leute, die behaupteten, er sei schon an beiden Orten zugleich gesehen worden. Das war natürlich pure Erfindung, doch hatte alles, was man sich über Kamillo erzählte, Anekdotencharakter, klang wie eine Legende. Er hatte eine seltsame Art, zwischen »ich« und »ihr« zu trennen. Nie hatte jemand gesehen, wie er arbeitete, doch von Zeit zu Zeit erschien er im Wissenschaftlichen Rat und redete dort von

Dingen, die den anderen unverständlich waren. Manchmal gelang es ihnen, Kamillo zu verstehen, und dann konnte niemand etwas gegen seine Worte einwenden. Lamondois soll einmal gesagt haben, daß er sich neben Kamillo wie der dumme Enkel neben dem klugen Großvater fühle. Überhaupt schien es in solchen Augenblikken, daß sich alle Physiker des Planeten, von Etienne Lamondois bis Robert Skljarow, auf einem Niveau bewegten.

Robert spürte, daß er bald im eigenen Schweiß schmoren würde. Er stand auf und ging unter die Brause. Erst als er vor Kälte Gänsehaut bekam, als sein Wunsch verflogen war, in den Kühlschrank zu kriechen und dort einzuschlafen, stellte er den eisigen Strahl ab.

Als er ins Labor zurückkam, unterhielt sich Kamillo gerade mit Patrick. Der zog die Stirn in Falten, bewegte fahrig die Lippen und schaute seinen Gesprächspartner kläglich und unterwürfig an.

Kamillo sagte gelangweilt und geduldig: »Versuchen Sie, alle drei Faktoren in Betracht zu ziehen. Gleichzeitig. Hier nützt keinerlei Theorie, nur ein bißchen räumliche Vorstellungskraft. Nulleffekt, Unterfrequenzbereich und beide Zeitkoordinaten. Können Sie das nicht?«

Patrick schüttelte langsam den Kopf. Er bot einen jämmerlichen Anblick. Kamillo wartete eine Minute, dann zuckte er die Achseln und schaltete das Videophon aus. Robert, der sich mit einem groben Handtuch abrieb, sagte entschieden: »Warum denn so, Kamillo? Das ist doch unhöflich. So etwas wirkt beleidigend.«

Kamillo zuckte abermals die Achseln. Das sah aus, als würde sein Kopf, niedergedrückt von dem Helm, in den Brustkorb rutschen und gleich darauf wieder heraushüpfen. »Es wirkt beleidigend?« fragte er. »Warum auch nicht?«

Was sollte Robert darauf antworten. Er spürte instinktiv, daß ein Streit mit Kamillo über moralische Themen völlig zwecklos war. Dieser Mann würde einfach nicht begreifen, worum es ging.

Robert hängte das Handtuch auf und begann das Frühstück zu bereiten. Sie aßen schweigend. Kamillo begnügte sich mit etwas Brot und Marmelade sowie einem Glas Milch. Kamillo aß immer wenig. Dann sagte er: »Robby, wissen Sie, ob die ›Strela‹ schon gestartet ist?«

»Ja, vorgestern«, antwortete Robert.

»Vorgestern, das ist schlecht.«

»Wozu brauchen Sie denn die ›Strela‹, Kamillo?«

Kamillo sagte gleichgültig: »*Ich* brauche die ›Strela‹ nicht.«

2

Als sie das Randgebiet der Hauptsiedlung erreicht hatten, schlug Gorbowski eine Rast vor. Er stieg aus dem Wagen und sagte: »Ein kleiner Spaziergang wäre nicht schlecht.«

»Einverstanden«, antwortete Mark Walkenstein und stieg gleichfalls aus.

Die schnurgerade, hellglitzernde Chaussee lag wie ausgestorben da. Ringsum streckte sich gelblichgrün die Steppe, und weiter vorn schauten, farbigen Tupfen gleich, die ersten Häuser durch das Grün der üppigen Vegetation.

»Hier ist's aber ziemlich heiß«, gab Percy Dickson zu bedenken. »Das belastet das Herz.«

Gorbowski pflückte eine Blume aus dem Straßengraben und schnupperte daran.

»Wärme macht gar nichts«, behauptete er, »ich habe sie sogar gern. Komm ruhig mit, Percy, ein kleiner Spaziergang wird dir guttun.«

Aber Percy ließ sich nicht überreden. Als sie draußen waren, zog er die Wagentür zu und brummte: »Macht, was ihr wollt. Wenn ich ehrlich sein soll, so hab ich nach den zwanzig Jahren unseres Zusammenseins sowieso genug von euch beiden. Ich bin ein alter Mann und möchte mich von euren Verrücktheiten etwas erholen. Seid bloß so nett und laßt mich heute mal ungeschoren.«

»Percy«, sagte Gorbowski, »fahr lieber ins Kinderstädtchen. Ich weiß zwar nicht genau, wo das liegt, aber es wird das Richtige für dich sein: überall liebe Kinderchen, unbekümmertes Lachen, unkomplizierte Sitten . . . ›Onkel‹ werden die Knirpse rufen, ›komm, wir spielen Blindekuh!‹«

»Aber paß auf deinen Bart auf«, frotzelte Mark gleichfalls und griente übers ganze Gesicht. »Sie werden sich dran festhalten wollen.«

Percy murrte etwas Unverständliches und gab Gas. Mark und Gorbowski wechselten auf den Trampelpfad über, der an der Chaussee entlangführte, und setzten sich gemächlich in Marsch. »Er wird alt, der Gute«, sagte Mark. »Selbst wir sind ihm schon zuviel.«

»Ach, das darfst du nicht so wörtlich nehmen«, erwiderte Gorbowski und holte sein kleines Radio aus der Tasche. »Satt hat er uns nicht im geringsten. Er ist einfach erschöpft. Und obendrein enttäuscht. Daß man zwanzig Jahre für jemanden geopfert hat, sagt man so hin. In Wirklichkeit ärgert er sich, weil er nie herausbekommen hat, wie der Kosmos auf uns wirkt. Und das kann er auch nicht herausbekommen, denn der Kosmos wirkt überhaupt nicht auf uns . . .« Er unterbrach sich und sagte dann ärgerlich: »Wo steckt denn bloß der Afrika-Sender? Ich möchte mal wissen, warum meine Skalenmarkierung nie stimmt . . .«

Er schlenderte, die Blume zwischen den Zähnen, auf dem Pfad hinter Mark her, drehte am Radio und stolperte alle Augenblicke. Endlich hatte er sein geliebtes Afrika gefunden, und die Steppe hallte von den Klängen des Tam-Tam wider. Über die Schulter hinweg sah ihn Mark scheel an.

»Nimm doch nicht dieses ekelhafte Zeug in den Mund«, sagte er.

»Was heißt hier ekelhaftes Zeug? Das ist eine hübsche Blume.«

Das Tam-Tam dröhnte.

»Stell wenigstens das Radio leiser«, krächzte Mark.

Gorbowski tat so, als würde er die Musik noch leiser stellen.

»Geht es so?« fragte er.

»Ich möchte wissen, warum ich das Ding nicht schon längst in Klump gehauen habe«, brummte Mark.

Hastig stellte Gorbowski sein Radio ganz leise und steckte es in die Brusttasche.

Sie gingen an buntgestrichenen Bungalows vorüber, die von Fliederhecken umgeben waren und auf deren Dächern sich überall die gleichen Kegelantennen für den Energieempfang drehten. Eine rotbraune Katze schlich über den Pfad. Mit einem »Miez, Miez, Miez« versuchte Gorbowski, sie anzulocken. Doch das Tier verschwand Hals über Kopf im dichten Gras, aus dem es mit bösen Augen hervorlugte. In der sengenden Luft hing träges Bienengesumm. Aus irgendeinem Fenster drang ein kräftiges, beinahe drohendes Schnarchen.

»So etwas nennt sich nun Hauptsiedlung«, knurrte Mark. »Ein Dorf ist das. Bis um neun schlafen!«

»Warum denn so aufgebracht, Mark?« fragte Gorbowski. »Mir beispielsweise gefällt es hier sehr gut. Die Bienen, die Katze . . . Was verlangst du mehr im Augenblick? Soll ich vielleicht wieder lauter stellen?«

»Bloß nicht«, protestierte Mark. »Mir sind solche verschlafenen Nester einfach zuwider. In faulen Dörfern leben auch faule Leute.«

»Na, mittlerweile kenne ich dich ja«, sagte Gorbowski versöhnlich. »Wenn's nach dir ginge, müßte es überall kämpferische Auseinandersetzungen geben, Dispute, bei denen die Ideen nur so sprühen. Auch eine kleine Rauferei wäre nicht übel, stimmt's? Na, das wird wohl glücklicherweise ein Wunschtraum für dich bleiben ...« Er blieb plötzlich stehen. »Schau mal diese Pflanze an. Wie saftig ihre Blätter sind, und wie das auf der Haut juckt!«

Vor einem üppigen Strauch mit großen, schwarzgestreiften Blättern hockte er sich hin. Mark sagte verdrießlich: »Warum läßt du dich denn hier gleich häuslich nieder, Leonid? Hast du noch nie eine Brennessel gesehen?«

»Nein«, antwortete Gorbowski, »du wirst es nicht glauben, aber ich habe wirklich noch keine gesehen. Nur darüber gelesen. Übrigens, Mark, soll ich dich vielleicht von unserer Besatzungsliste streichen? Du hast dich irgendwie zu deinen Ungunsten verändert, du bist launisch geworden. Und hast verlernt, dich an den einfachen Dingen des Lebens zu erfreuen.«

»Ich weiß nicht, was du unter den ›einfachen Dingen des Lebens‹ verstehst«, erwiderte Mark gereizt. »Aber für meine Begriffe lenken all diese Blümchen und Brennesseln, all diese verschlungenen Pfade und Waldwege bloß von wichtigen Problemen ab. Es gibt in der Welt noch zuviel Unstimmigkeiten, als daß man es sich leisten könnte, vor diesem Schäferidyll in Begeisterung auszubrechen.«

»Unstimmigkeiten – allerdings, die gibt es«, bestätigte Gorbowski. »Die gab es aber schon immer, und wir werden auch weiterhin nicht darum herumkommen. Was wäre das Leben denn ohne verschiedene Standpunkte? Trotzdem muß man sich bemühen, den Augenblick auszukosten ... Hör nur mal. Da singt sogar jemand, trotz all der Unstimmigkeiten in der Welt.«

Ein riesiger Atomlaster kam ihnen entgegen. Auf den Kisten im Wageninnern saßen einige kräftige Burschen, nur in Turnhosen. Einer von ihnen hämmerte in halbverrenkter Haltung selbstvergessen auf die Saiten eines Banjo, während die anderen einmütig und lautstark dazu sangen:

»Ich brauch eine Frau,
ob nun hübsch oder nicht,
Hauptsache, es ist 'ne Frau,
eine Frau ohne Mann ...«

Der Atomlaster jagte vorbei, und eine heiße Luftwelle drückte für

Sekunden das Gras nieder. Gorbowski sagte: »Das wenigstens müßte nach deinem Geschmack sein, Mark. Um neun bereits auf den Beinen und arbeiten. Wie hat dir denn der Gassenhauer gefallen?«

»Nicht besonders«, knurrte Mark starrköpfig.

Der Pfad schlängelte sich seitwärts und führte an einem riesigen, mit trübem Wasser gefüllten Betonbassin vorbei. Sie stapften durch mannshohes, trockenes Gras. Über ihnen breitete sich das dichte Laubwerk schwarzer Akazien aus, und es wurde etwas kühler.

»Mark«, flüsterte Gorbowski. »Da drüben, das Mädchen!«

Der andere blieb interessiert stehen. Aus dem Gras tauchte eine große, üppige Brünette auf, in weißen Shorts und einer knappen weißen Jacke, deren Knöpfe abgerissen waren. Sie hatte offensichtlich Mühe, ein schweres Kabel hinter sich herzuziehen.

»Guten Tag!« sagten Gorbowski und Mark wie aus einem Mund.

Das Mädchen zuckte erschrocken zusammen und hielt in ihrer Beschäftigung inne.

Die Brünette, nun augenscheinlich bestürzt, ließ das Kabel zur Erde gleiten.

»Guten Tag«, hauchte sie.

»Ich habe fast den Eindruck, wir kommen ungelegen«, sagte Gorbowski zu Mark.

»Können wir Ihnen behilflich sein?« fragte der galant.

Das Mädchen sah ihn mißtrauisch an.

»Vorsicht, Schlangen!« sagte sie plötzlich.

»Wo?« rief Gorbowski entsetzt und sprang flugs zur Seite.

»Ach, ich wollte Sie nur warnen, ganz allgemein«, erklärte das Mädchen spitzbübisch. Sie musterte Gorbowski und erkundigte sich dann betont freundlich: »Haben Sie heute den Sonnenaufgang beobachtet?«

»Sogar vier von der Sorte«, antwortete Mark lässig.

Das Mädchen blinzelte kokett und brachte mit berechneter Geste ihre Frisur in Ordnung. Postwendend stellte Mark sich vor. »Ich heiße Mark Walkenstein«, sagte er.

»Er ist Landepilot«, ergänzte Gorbowski.

»Ach so, Landepilot«, sagte das Mädchen irgendwie erleichtert. Dann nahm sie ohne weiteren Kommentar das Kabel wieder auf, zwinkerte Mark noch einmal zu und verschwand im Gras. Der Draht raschelte über den Boden. Gorbowski musterte Mark, der wiederum schaute dem Mädchen hinterher.

»Na, geh schon«, sagte Gorbowski. »Da ist doch nichts Besonderes dabei. Das Kabel ist schwer, das Mädchen schwach, dazu hübsch, und du bist ein kräftiger Kerl, ein Kosmonaut.«

Mark setzte nachdenklich einen Fuß auf das Kabel. Es straffte sich, und aus dem Gras ertönte die Stimme des Mädchens: »Sieh zu, daß du es freibekommst, Semjon, mach schnell.«

Hastig zog Mark seinen Fuß wieder fort. Sie gingen weiter.

»Etwas eigenartig, dieses Mädchen«, sagte Gorbowski, »aber trotzdem sympathisch. Warum hast du eigentlich nicht geheiratet, Mark?«

»Wen denn?« fragte der andere zurück.

»Na, na, keine falsche Bescheidenheit. Ich weiß genug; da gab es doch mal ein nettes Mädchen. Ich hatte eigentlich immer den Eindruck, daß du etwas zu derb mit ihr umgingst. Na, sie hat das offensichtlich nicht gestört.«

»Und doch habe ich das Heiraten sein lassen«, antwortete Mark unlustig. »Es ist nichts draus geworden.«

Der Pfad führte wieder auf die Chaussee. Links zogen sich einige langgestreckte weiße Zisternen hin, und vorn blinkte die hohe Turmspitze des Ratsgebäudes in der Sonne. Noch immer war es ringsum wie ausgestorben.

»Sie hing zu sehr an der Musik«, nahm Mark unvermittelt das Gespräch wieder auf. »Schließlich ist es nicht gut möglich, auf jeden Raumflug eine ganze Musiktruhe mitzunehmen. Dein Radio reicht. Mir geht es da wie Percy, der hat auch nicht viel für Musik übrig.«

»Auf jeden Raumflug . . .«, wiederholte Gorbowski gedankenverloren. »Wir sind tatsächlich schon ziemlich alt. Vor zwanzig Jahren hätten wir wohl kaum Liebe gegen Freundschaft abgewogen. Aber jetzt ist es zu spät, jetzt müssen wir uns allein durchschlagen. Trotzdem, Mark, wir sollten's nicht aufgeben. Vielleicht findet doch noch jeder von uns eine Frau. Und die wird ihm dann teurer sein als alles andere.«

»Percy wohl kaum«, erwiderte Mark. »Er hat nicht einen einzigen Freund außer uns beiden. Und dann noch ein verliebter Percy . . . nicht auszudenken.«

Gorbowski, der versuchte, sich einen verliebten Percy vorzustellen, mußte unwillkürlich lachen. »Zumindest würde er einen guten Familienvater abgeben«, meinte er vage.

Mark runzelte die Stirn. »Das wäre keine Lösung«, sagte er streng. »Ein Kind braucht weniger einen guten Vater als einen guten

Lehrer. Der Mann braucht einen zuverlässigen Freund, die Frau einen Menschen, den sie liebt.«

Er wechselte plötzlich das Thema.

»Ach, reden wir lieber über den Trampelpfad hier«, erklärte er.

Der Platz vor dem Ratsgebäude war leer, lediglich an der Auffahrt stand ein großer, unförmiger Aerobus.

»Ich würde ganz gern bei einem alten Freund vorbeischauen«, sagte Gorbowski. »Komm doch mit, Mark.«

»Aber ich kenne ihn doch gar nicht.«

»Das macht nichts. Ich stelle euch einander vor. Er heißt Matwej Sergejewitsch Wjasanizyn und war früher Raumfahrer. Jetzt macht er hier den Direktor. Ich kenne ihn schon lange, noch aus den Jahren, als ich Landepilot war. Du müßtest eigentlich auch schon mit ihm zu tun gehabt haben ... Aber nein, das war ja vor deiner Zeit.«

»Na, meinetwegen«, willigte Mark ein, »ich komme mit. Eine Höflichkeitsvisite. Aber schalte das Gedudel aus, immerhin sind wir auf dem Wege zum Obersten Rat.«

Der Direktor freute sich sehr über den Besuch. »Das ist ja kolossal!« donnerte er mit seiner Baßstimme los und drückte die beiden in die Sessel. »Einfach kolossal, daß ihr gekommen seid. Bist ein Prachtkerl, Leonid! Wirklich ein Prachtkerl. Und Sie sind Mark Walkenstein? Aber wieso haben Sie denn keine Glatze? Leonid hat mir immer erzählt, Sie hätten eine Glatze ... Ach nein, das war Dickson. Stimmt ja, Dickson war das. Der mit dem berühmten Bart. Das hat übrigens gar nichts zu besagen. Ich kenne eine Menge Leute, die einen Bart und gleichzeitig eine Glatze haben. Im Augenblick spielt das ja auch gar keine Rolle. Habt ihr schon gemerkt, wie heiß es bei uns ist? – Leonid, du ernährst dich nicht richtig, du hast nämlich das Aussehen eines Dystrophikers. Wir werden nachher zusammen Mittag essen. Vorher nehmen wir vielleicht erst noch eine kleine Erfrischung zu uns. Ich kann euch Orangen- und Tomatensaft anbieten, oder wollt ihr lieber Granatapfelsaft? Alles eigene Produktion! Ach ja, den Wein habe ich ganz vergessen. Wir bauen hier auf dem Regenbogenplaneten unseren eigenen Wein an. Ist das nicht enorm? Na, wollt ihr ein Gläschen?« Er schenkte sich ein und fuhr dann in seinem Redeschwall fort: »Mir schmeckt er jedenfalls ... Warum trinken Sie denn nicht, Mark? Hätt ich nie für möglich gehalten, daß Sie keinen Alkohol trinken. Dir, Leonid«, wandte er sich sprunghaft wieder an seinen Freund, »möchte ich tausend Fragen stellen, weiß aber nicht, womit ich anfangen soll. Leider werde ich schon in den nächsten Minuten kein Mensch mehr sein, sondern eine wild gewordene Bürobestie. Habt ihr schon mal eine wild gewordene Bürobestie gesehen? Nein? Na, dann werdet ihr diesen Anblick gleich genießen können. Ich werde richten, strafen, Wohltaten erweisen. Ich werde herrschen nach bestem Wissen und Gewissen. Jetzt kann ich mir vorstellen, wie Kaisern, Königen und sonstigen Machthabern zumute gewesen sein muß ... Hört mal, ihr beiden, geht aber nicht weg inzwischen. Ich werde in Arbeit schmoren, während ihr nichts weiter zu tun braucht, als gemütlich hier zu sitzen und mich hin und wieder zu bemitleiden. Hier bemitleidet mich nämlich kein Mensch ... So, ich mach das Fenster auf, damit ihr ein bißchen frische Luft habt ... Leonid, du kannst dir nicht vorstellen ... Mark, rücken Sie ruhig noch mehr in den Schatten. Euch gefällt es doch hier, nicht wahr? Also, Leonid, du hast ja keine Ahnung, was bei uns los ist. Der Regenbogenplanet tobt, als hätte er die Tollwut. Und das nun schon das zweite Jahr.«

Matwej ließ sich schwer in den Sessel vor dem Schaltpult fallen, der unter seinem Gewicht ächzte. Da saß er nun – massig, fast schwarz gebrannt, kräftig behaart, mit einem Schnurrbart, der wie bei einem Kater sperrig abstand. Er knöpfte sich das Hemd bis zum Bauch auf und sah die beiden Kosmonauten, die hingebungsvoll an ihren eisgekühlten Getränken saugten, über die Schulter hinweg vergnügt an. Seine Schnurrbartenden gerieten in Bewegung – er wollte gerade zum Sprechen ansetzen –, da erschien auf einem der sechs Bildschirme, die dem Schaltpult angeschlossen waren, eine zierliche Frau.

»Genosse Direktor«, begann sie ernst und mit vorwurfsvollem Blick. »Mein Name ist Chaggerton, Sie werden sich nicht mehr an mich erinnern. Ich wende mich wegen der Strahlenbarriere auf dem Alabasterberg an Sie. Die Physiker weigern sich, die Barriere aufzuheben.«

»Was heißt das, sie weigern sich?«

»Ich habe mit Rodrigo gesprochen; er ist wohl dort Chef bei den Null-Physikern? Der hat mir erklärt, Sie hätten nicht das Recht, sich in ihre Arbeit einzumischen.«

»Lassen Sie sich von denen nichts weismachen, Helen«, erwiderte Matwej. »Rodrigo ist ebensowenig Chef der Null-Physiker, wie ich eine Pusteblume bin. Er ist Mechaniker und versteht von den Null-Problemen nicht mal soviel wie Sie. Ich werde ihn mir gleich mal vorknöpfen.«

»Ja bitte, wir wären Ihnen sehr dankbar.«

Der Direktor schüttelte mißbilligend den Kopf und machte sich geräuschvoll an den Umschaltern zu schaffen.

»Den Alabasterberg«, schnarrte er. »Geben Sie mir Pagawa.«

»Hallo, Matwej! Ich höre.«

»Schota? Guten Tag, mein Lieber. Sag mal, warum hebst du eigentlich die Barriere nicht auf?«

»Ich hab sie doch aufgehoben. Warum fragst du?«

»Na, dann ist gut. Bestell Rodrigo, er soll die Leute nicht verrückt machen, sonst kann er mal bei mir antanzen. Und sag ihm auch, daß ich mich genau an ihn erinnere. Was macht übrigens eure Welle?«

»Ja, weißt du . . .« Schota zögerte. »Die Welle ist diesmal sehr interessant, aber es würde im Augenblick zu weit führen . . . Ich erzähl dir später ausführlich darüber, einverstanden?«

»Na gut, viel Erfolg weiterhin.« Matwej beugte sich über die Sessellehne und wandte sich an die Kosmonauten. »Sag mal, Leonid, was hält man denn bei euch von der Welle?«

»Wo bei uns?« fragte Gorbowski und saugte ungerührt an seinem Strohhalm weiter. »Auf der ›Tariel‹?«

»Wie denkst du selbst zum Beispiel über die Welle?« bohrte Matwej weiter.

Gorbowski überlegte. »Ich denke gar nichts«, sagte er schließlich. »Aber vielleicht Mark?« Er sah unsicher zu seinem Piloten hinüber.

Der saß, das Glas in der Hand, kerzengerade im Sessel. »Wenn ich nicht irre«, sagte er bedächtig, »so ist die Welle ein Prozeß, der mit dem Null-Transport im Zusammenhang steht. Viel mehr weiß ich darüber nicht. Die Problematik des Null-Transports interessiert mich natürlich wie jeden anderen Raumfahrer auch« – er verbeugte sich leicht zum Direktor hin –, »aber auf der Erde schenkt man ihr keine sonderliche Beachtung. Ich glaube, bei uns betrachtet man den Null-Transport als ein ziemlich abseitiges Problem von untergeordneter Bedeutung.«

Der Direktor lachte gekränkt auf. »Hör dir das an, Leonid!« sagte er. »Ein Problem von untergeordneter Bedeutung. Man merkt tatsächlich, daß unser Regenbogenplanet für euch weit ab vom Schuß liegt und daß euch alles, was uns bewegt, geringfügig erscheint. Mein lieber Mark, wissen Sie auch, daß dieses nichtige

Problem, wie Sie sich sinngemäß ausdrückten, mein Dasein bis obenhin ausfüllt? Und dabei bin ich nicht einmal Null-Physiker. Ich kann bald nicht mehr hoch. Gestern abend zum Beispiel habe ich hier in diesem Zimmer Lamondois und Aristoteles eigenhändig zerpflückt, und wenn ich jetzt meine Hände anschaue«, er hielt seine riesigen, sonnenverbrannten Pranken vor sich hin, »wundere ich mich zu Tode, daß sie keinerlei Biß- oder Kratzwunden davongetragen haben. Während ich die beiden abkanzelte, hatte sich vor meinem Fenster eine Menschenmenge versammelt und in zwei Lager gespalten. Die einen brüllten: ›Welle! Welle‹, die anderen: ›Null-T! Null-T!‹ Aber wenn ihr glaubt, das wäre ein wissenschaftlicher Disput gewesen, so irrt ihr euch. Das war nichts weiter als ein mittelalterlicher Altweiberzank um die Elektroenergie. Kennt ihr das Märchen . . . Wie hieß es doch gleich? – ›Der goldene Ziegenbock‹ oder ›Der goldene Esel‹. Das war eine lustige, obwohl nicht ganz einleuchtende Geschichte, in der ein Mann nur dafür ausgepeitscht wurde, weil er vergessen hatte, in der Toilette das Licht zu löschen. Etwas Ähnliches spielt sich jetzt zwischen Aristoteles und Lamondois ab. Aristoteles und seine Leute wollen Lamondois und dessen Gefolge an den Kragen, weil *die* alle Energiereserven an sich gerissen haben . . . Heiliger Regenbogen! Noch vor einem Jahr waren die beiden ein Herz und eine Seele, die Null-Physiker alle untereinander dicke Freunde, fast wie Brüder. Und jetzt? Niemand hätte je geglaubt, daß Forsters Begeisterung für die Welle unseren Planeten in zwei Hälften spalten würde! In welch einer Zeit lebe ich bloß!« rief Matwej pathetisch aus. »An allem fehlt es: an Energie, an Apparaturen, und wegen jedem grünschnäbligen Laboranten kriegen sie sich in die Wolle. Lamondois' Leute stehlen Energie, die Anhänger von Aristoteles stellen den Touristen nach und versuchen, sie anzuwerben. Die Ärmsten! Da kommen sie nichtsahnend hierher, wollen sich erholen oder etwas Interessantes über unseren Planeten schreiben, und dann das! Und der Oberste Rat – ich wiederhole: der Oberste Rat! – hat sich in eine simple Schiedskommission verwandelt. Ich hab' schon gebeten, mir das ›Römische Recht‹ zu schicken . . . In der letzten Zeit lese ich überhaupt nur noch historische Werke. Heiliger Regenbogen! Bald werde ich hier eine Polizei und ein Schwurgericht ins Leben rufen müssen. Allmählich gewöhne ich mich an eine mir völlig fremde, verrohte Terminologie. So habe ich Lamondois vorgestern zum Angeklagten und Aristoteles zum Kläger deklariert. Ohne zu stottern, spreche ich jetzt Worte wie Jurisprudenz und Polizeipräsidium aus.«

Einer der Bildschirme flammte auf, zwei kleine pausbäckige Mädchen von etwa zehn Jahren waren zu sehen.

»Sag du es«, flüsterte die eine.

»Warum denn ich? Wir hatten doch ausgemacht, daß du ...«

»Nein, wir hatten ausgemacht, daß du ...«

»Du bist gemein! – Guten Tag, Matwej Semjonowitsch.«

»Sergejewitsch«, verbesserte die andere.

»Guten Tag, Matwej Sergejewitsch!«

»Guten Tag, Kinder«, erwiderte der Direktor den Gruß. Man sah ihm an, daß er an etwas erinnert worden war, was er wohl total vergessen hatte. »Guten Tag, ihr Kücken! Guten Tag, ihr Mäuschen!«

Die beiden wurden ganz rot vor Verlegenheit.

»Matwej Sergejewitsch, wir laden Sie ins Kinderstädtchen ein, zu unserem Sommerfest ...«

»Heute um zwölf«, plapperte die andere dazwischen.

»Um elf!«

»Nein, um zwölf!«

»Ich komme«, polterte der Direktor begeistert. »Ich komme auf jeden Fall. Um elf und auch um zwölf.«

Gorbowski leerte sein Glas, goß sich noch etwas nach, streckte sich dann bequem im Sessel aus, wobei seine Beine fast bis zur Zimmermitte reichten, und setzte das Glas auf seiner Brust ab. Er fühlte sich wohl und behaglich.

»Wenn es dir nichts ausmacht, würde ich gern mitkommen ins Kinderstädtchen«, erklärte er. »Ich hab sowieso nichts anderes vor. Vielleicht werde ich dort eine kleine Rede halten«, fügte er scherzhaft hinzu. »Dazu hatte ich bisher noch nie Gelegenheit. Mal sehen, ob ich so etwas zustande bringe.«

»Das Kinderstädtchen«, sagte der Direktor und wälzte sich wieder über seine Armlehne, »ist der einzige Ort bei uns, wo Ordnung herrscht. Die Kinder sind ein prächtiges Völkchen. Sie verstehen ganz ausgezeichnet, was das Wörtchen ›nein‹ bedeutet. Das kann man von unseren Null-Physikern wahrhaftig nicht behaupten. Während sie voriges Jahr zwei Millionen Megawattstunden konsumiert haben, sind es in diesem Jahr bereits fünfzehn. Und das Schönste – sie haben weitere sechzig beantragt. Sie wollen die Existenz des Wörtchens ›nein‹ einfach nicht zur Kenntnis nehmen. Da liegt der Hase im Pfeffer.«

»Wir kannten es seinerzeit auch nicht«, bemerkte Mark.

»Mein lieber Mark, damals hatten wir auch ganz andere Zeiten. Die Physik war noch nicht so weit fortgeschritten. Wir haben nicht mehr beansprucht, als uns zugebilligt wurde. Wozu auch? Für unsere D-Prozesse und die Elektronenstruktur hat's noch allemal gelangt. Mit dem Problem der Verbundräume zum Beispiel hatten sich lediglich einzelne Wissenschaftler befaßt, und auch die nur auf dem Papier. Aber jetzt? Jetzt haben wir die vermaledeite Epoche der diskreten Physik, der Durchdringungstheorie, des Unterfrequenzbereiches ... Heiliger Regenbogen, wo sollen diese ganzen Null-Experimente noch hinführen! Jeder Milchbart, jeder Dreikäsehoch von Laborant benötigt für seine schäbigen Versuche nicht nur Tausende Megawatt, sondern auch eine bombastische Ausrüstung, die auf unserem Planeten erstens nicht hergestellt werden kann und die zweitens nach dem Experiment im Eimer ist. Ihr habt uns jetzt beispielsweise hundert Ulmotrone mitgebracht. Besten Dank auch! Aber wir brauchen mindestens sechshundert. Und Energie erst ... Energie! Wo soll ich die denn hernehmen, zum Donnerwetter. Die habt ihr schließlich nicht mitgeliefert. Mehr noch, ihr braucht selber welche. Kaneko und ich haben neulich unseren Energieroboter nach der Optimalstrategie befragt – der Ärmste hat bloß die Hände überm Kopf zusammengeschlagen.«

Die Tür flog auf, und herein kam federnden Schritts ein nicht sehr großer, aber äußerst akkurat gekleideter Mann. Sein glatt zurückgekämmtes schwarzes Haar steckte voller Kletten, und auf seinem starren Gesicht spiegelte sich nur schlechtverhohlener Zorn wider.

»Wenn man vom Teufel spricht, ist er nicht weit«, begrüßte ihn der Direktor und streckte ihm die Hand entgegen.

»Ich bitte um meine Entlassung«, sagte der Ankömmling förmlich, ohne auf den Scherz des anderen einzugehen. »Ich bin zu der Einsicht gelangt, daß ich nicht imstande bin, mit den Leuten zu arbeiten, und reiche hiermit mein Entlassungsgesuch ein ... Entschuldigen Sie bitte«, er wandte sich mit einer leichten Verbeugung an die beiden Kosmonauten, »mein Name ist Kaneko, Chefenergetiker des Regenbogenplaneten. Ehemaliger Chefenergetiker.«

Gorbowski scharrte eilig mit den Füßen auf dem glatten Fußboden und rappelte sich hoch, wobei er gleichzeitig eine Verbeugung andeutete. Dabei hielt er das Glas mit dem Saft hoch über dem Kopf, was ihm das Aussehen des trunkenen Zechers beim Gastmahl des Lukullus verlieh.

»Heiliger Regenbogen!« rief der Direktor bestürzt aus. »Was ist denn schon wieder passiert?«

»Vor einer halben Stunde haben sich Semjon Galkin und Alexandra Postyschewa heimlich an die örtliche Energiestation angeschlossen und den ganzen Strom für zwei Tage im voraus abgezapft.« Über Kanekos Gesicht lief ein nervöses Zittern. »Der Energieroboter ist auf ehrliche Leute eingestellt, und ich weiß nicht, welche Programmvariante ich ihm für die Existenz eines Galkin und einer Postyschewa eingeben muß. Die Tatsache an sich ist schon sträflich, wenn auch leider nicht neu für uns. Vielleicht würde ich mit den beiden selbst fertig werden, aber ich bin schließlich weder Judoka noch Akrobat und auch nicht in einem Kindergarten angestellt. Ich kann nicht dulden, daß man mir Fallen stellt . . . Die beiden wußten genau, daß ich auswärts sein würde. Sie haben meine Abwesenheit ausgenutzt und, vom dichten Gestrüpp hinter der Schlucht getarnt, den Anschluß gelegt, wobei das Kabel leichtsinnigerweise quer über dem Pfad lag . . .« Er verstummte urplötzlich und begann zerstreut, sein Haar von den Kletten zu befreien.

»Wo steckt die Postyschewa?« fragte der Direktor drohend und verfärbte sich bläulich. Gorbowski richtete sich erschrocken auf und zog die Beine an. Marks Gesicht zeigte plötzlich ein lebhaftes Interesse für den Vorfall.

»Sie wird gleich hier sein«, antwortete Kaneko. »Ich bin überzeugt, daß sie Anstifter dieser Unverschämtheit war, und habe sie in Ihrem Namen herbeordert.«

Matwej zog das Mikrofon für die allgemeine Nachrichtenübermittlung zu sich heran und machte folgende Durchsage: »Achtung, Regenbogen! Hier spricht der Direktor. Es ist bekannt geworden, daß irgendwo ein Leck im Energiesystem aufgetreten ist, wodurch es Stromverluste gibt. Die Angelegenheit wird untersucht.«

Er stand auf, ging zu Kaneko und legte ihm unbeholfen eine Hand auf die Schulter. »Was sollen wir denn tun, mein Lieber«, murmelte er geknickt. »Ich hab's dir gleich gesagt – wir auf dem Regenbogenplaneten haben alle den Verstand verloren. Da hilft nur durchhalten. Mir bleibt ja auch nichts anderes übrig. Was die Postyschewa betrifft, so werde ich ihr kräftig den Kopf waschen. Das wird kein Zuckerlecken für sie, darauf kannst du dich verlassen.«

»Also gut, Sie haben recht«, erwiderte Kaneko. »Ich bitte um Entschuldigung für meine Unbeherrschtheit eben. Wenn Sie gestatten, gehe ich jetzt zum Kosmodrom. Heute steht mir noch eine äußerst unangenehme Angelegenheit bevor – die Ausgabe der Ulmotrone. Sie wissen schon, die Ulmotrone, die heute mit der Landefähre gekommen sind.«

»Ja, ja«, sagte der Direktor seufzend, »ich weiß Bescheid. Da kann ich Sie ja gleich mit meinen Freunden bekannt machen.« Mit seinem quadratischen Kinn wies er auf die beiden Raumfahrer. »Kommandant der ›Tariel‹ Leonid Andrejewitsch Gorbowski und sein Pilot Mark Walkenstein.«

»Sehr erfreut«, antwortete Kaneko und machte eine leichte Verbeugung mit seinem klettengeschmückten Kopf. Mark und Gorbowski erwiderten die höfliche Geste.

»Ich werde mich bemühen, das Raumschiff vor größerem Schaden zu bewahren«, sagte Kaneko ernsthaft und wandte sich zur Tür. Gorbowski sah ihm beunruhigt nach.

In diesem Augenblick ging die Tür auf, und Kaneko trat zur Seite, um Platz zu machen. Vor ihm stand die Brünette. Sie trug noch immer ihre weiße Jacke mit den abgerissenen Knöpfen. Gorbowski bemerkte, daß die Shorts an der Hüfte versengt und die linke Hand des Mädchens rußverschmiert waren. Neben ihr wirkte der akkurate Chefenergetiker wie ein Gast aus ferner Zukunft.

»Entschuldigen Sie bitte«, sagte die Brünette in einschmeichelndem Tonfall. »Darf ich eintreten? Sie haben mich rufen lassen, Matwej Sergejewitsch?«

Kaneko wandte sich ab und ging in großem Bogen um sie herum zur Tür. Matwej lehnte sich in seinem Sessel zurück und stützte die Arme auf die Lehnen. Sein Gesicht nahm abermals eine bläuliche Färbung an.

»Glaubst du etwa, Postyschewa, ich wüßte nicht, auf wessen Konto dieser Streich geht?« begann er mit leiser, unheilverkündender Stimme.

Auf dem Bildschirm erschien ein vor Gesundheit strotzender Bursche, der sein Käppi pfiffig aufs Ohr geschoben hatte.

»Verzeihen Sie die Störung, Matwej Sergejewitsch«, sagte er und lächelte forsch. »Ich wollte Sie nur daran erinnern, daß uns zwei Ulmotronkomplexe zustehen.«

»Ihr werdet wie alle anderen nach der Bestelliste beliefert, Karl«, brummte Matwej.

»Da stehen wir an erster Stelle«, erklärte der junge Mann.

»Also bekommt ihr euren Teil auch als erste.«

Während der Unterhaltung wandte Matwej keinen Blick von dem

Mädchen, wobei er seinen grimmigen Gesichtsausdruck beibehielt.

»Dann muß ich nochmals um Entschuldigung bitten, Matwej Sergejewitsch, aber uns beunruhigt das Verhalten der Forster-Truppe. Ich habe gesehen, daß sie ihren Lastwagen schon zum Kosmodrom geschickt hat.«

»Sie können ganz beruhigt sein, Karl«, antwortete Matwej. Er konnte sich ein Lächeln nicht verkneifen und sagte zu Gorbowski: »Schau dir das bloß an, Leonid! Kommt her und verpetzt seinen eigenen Lehrer.« Und wieder zu dem jungen Mann: »Nun verschwinden Sie schon, Karl. Niemand wird außer der Reihe versorgt.«

»Besten Dank auch, Matwej Sergejewitsch«, sagte Karl Hoffmann. »Maljajew und ich rechnen auf Sie.«

»Er und Maljajew!« seufzte der Direktor und hob den Blick zur Zimmerdecke.

Der Bildschirm erlosch, flammte aber sofort wieder auf. Ein älterer, finster dreinschauender Mann mit dunkler Brille, deren Einfassung mit irgendwelchen Mechanismen versehen war, schimpfte unzufrieden los. »Matwej, ich wollte nur die Frage mit den Ulmotronen klären ...«

»Die Ulmotrone werden nach strengem Bestellsystem ausgegeben«, sagte der Direktor.

Die Brünette seufzte tief auf, warf Mark einen prüfenden Blick zu und nahm mit ergebener Miene auf dem Sesselrand Platz.

»Wir brauchen sie aber außer der Reihe«, fuhr der Bebrillte fort.

»Dann bekommt ihr sie eben außer der Reihe«, antwortete Matwej. »Wir haben ja eine Warteliste für Belieferungen außer der Reihe, und da bist du, wenn ich mich recht erinnere, der achte.«

Die Brünette begann inzwischen graziös das Loch in ihren Shorts zu untersuchen, dann leckte sie einen Finger an und rubbelte den Rußfleck von ihrem Ellenbogen.

»Ich bin gleich soweit, Postyschewa«, sagte Matwej, und dann wieder ins Mikrofon: »Achtung, Regenbogen! Hier spricht der Direktor. Die Ausgabe der Ulmotrone, die mit der ›Tariel‹ angeliefert wurden, erfolgt nach den vom Obersten Rat bestätigten Listen. Ohne Ausnahme. Ende. – So, Postyschewa, und nun zu dir. Ich habe dich rufen lassen, um dir zu sagen, daß ich nun endgültig genug von dir habe. Ich bin immer verständnisvoll gewesen ... jawohl. Ich hatte viel Geduld mit dir und habe dir so manches nachgesehen. Du kannst mir weiß Gott keine Härte vorwerfen. Aber heiliger Regenbogen, jetzt reicht es mir! Schließlich hat alles seine Grenzen. Mit einem Wort, du kannst Galkin bestellen, daß ich dich von der Arbeit suspendiert habe und bei der erstbesten Gelegenheit zurück zur Erde schicken werde.«

Die hübschen Kulleraugen der Postyschewa schwammen augenblicklich in Tränen. Mark schüttelte mitfühlend den Kopf, und auch Gorbowski saß ziemlich bedeppert da. Der Direktor indessen fuhr ungerührt fort: »Jetzt ist es zu spät zum Weinen, Alexandra. Das hättest du früher tun müssen. Zusammen mit uns.«

Ins Zimmer kam eine Frau von angenehmem Äußeren: Plisseerock, blaue Jacke, Bubikopf. Eine rötliche Locke fiel ihr keß in die Stirn.

»Hello!« sagte sie und lächelte zur Begrüßung. »Matwej, störe ich? Oh!« Sie hatte die Postyschewa bemerkt. »Was ist los, warum weinen wir denn?« Tröstend legte sie einen Arm um das Mädchen, das sich auch gleich schutzsuchend an sie schmiegte. »Matwej, waren Sie das? Sie sollten sich schämen! Sicher waren Sie wieder mal grob. Manchmal sind Sie direkt unausstehlich!«

Der Schnurrbart des Direktors zuckte. »Guten Morgen, Jane«, sagte er. »Lassen Sie die Postyschewa! Sie ist eben von mir gerügt worden. Sie hat Kaneko beleidigt und Energie gestohlen.«

»Was soll der Unsinn!« rief Jane aus. »Reg dich nicht auf, Kleine.« Und tadelnd zu Matwej: »Das sind Ausdrücke – beleidigt, gestohlen, Energie! Wem hat sie denn den Strom weggenommen? Doch nicht dem Kinderstädtchen. Schließlich ist es schon einerlei, wer von den Physikern die Energie verplempert, ob nun Alja Postyschewa oder dieser schreckliche Lamondois.«

Der Direktor erhob sich würdevoll. »Jane«, sagte er, »ich möchte dich erst einmal mit meinen beiden Freunden bekannt machen, sie sind Raumfahrer.« Er nannte die Namen. »Und das ist« – er wandte sich an Mark und Leonid – »Jane Pickbridge, Chefbiologin unseres Planeten.«

»Na, sehr erpicht bin ich ja nicht auf Ihre Bekanntschaft«, meinte Jane, »wenn Sie, zwei kräftige und ansehnliche Männer hier so gleichgültig zuschauen können. Wie bringen Sie es fertig, den Anblick einer weinenden Frau zu ertragen?«

»Wir haben absolut nicht gleichgültig zugeschaut«, protestierte Mark. Gorbowski warf ihm einen erstaunten Blick zu. »Wir wollten uns gerade einschalten.«

»Tun Sie das, tun Sie das«, stachelte Jane die beiden an.

»Na, wißt ihr, Kollegen«, polterte der Direktor los. »Das geht doch wohl ein bißchen zu weit. Postyschewa, Sie können einstweilen gehen. Na, nun machen Sie schon . . . So, Jane, und was führt Sie zu mir? Lassen Sie die Postyschewa los, und tragen Sie Ihr Anliegen vor . . . Da haben Sie's, jetzt hat sie Ihnen die schöne Jacke vollgeheult . . . Postyschewa. Sie sollen endlich gehen, habe ich gesagt!«

Das Mädchen schlug die Hände vors Gesicht und verließ den Raum. Mark sah Jane fragend an.

»Na selbstverständlich, gehen Sie ihr nach«, beantwortete sie seine stumme Frage.

Mark strich sein Jackett glatt, bedachte Matwej mit einem strafenden Blick, machte eine knappe Verbeugung vor der Biologin und folgte dem Mädchen. Matwej winkte resigniert ab.

»Ich geb's auf«, sagte er. »Hier herrscht keinerlei Disziplin. Ist Ihnen überhaupt klar, Jane, was Sie eben angerichtet haben?«

»Allerdings«, erwiderte sie und trat auf Matwej zu. »Eure ganze Physik, die Energie mit einbegriffen, ist nicht halb soviel wert wie eine einzige Träne von Alja.«

»Das sagen Sie mal Lamondois. Oder Pagawa. Oder Forster. Von mir aus auch Kaneko. Und was die Tränen betrifft, so hat jeder seine eigenen Waffen. Außerdem möchte ich, wenn Sie gestatten, dieses Thema jetzt abschließen. Was führt Sie also her?«

»Ja, Sie haben recht«, sagte Jane. »Ich weiß, daß Sie zwar unendlich starrköpfig, aber auch ebenso großmütig sein können. Folglich werden Sie mir meine Bitte nicht abschlagen: Ich brauche unbedingt ein paar Leute, Matwej. Nein, nein«, sie wehrte energisch ab, »ich brauche sie wirklich dringend. Für ein sehr riskantes, aber auch interessantes Unternehmen. Ich bin überzeugt, wenn ich bloß mit dem kleinen Finger winkte, würde die Hälfte der Physiker abspringen und ihre Chefs sitzenlassen.«

»Wenn *Sie* winken«, entgegnete Matwej galant, »würden selbst die Chefs abspringen.«

»Danke, Matwej, aber jetzt im Ernst. Es geht um die Kalmare, die zur Zeit das ganze Puschkinufer bevölkern. Ich benötige zwanzig Mann, um gegen diese gefährlichen Tintenschnecken ins Feld zu ziehen.«

Matwej seufzte. »Muß das sein?« fragte er. »Was haben Ihnen die Kalmare getan? Ich habe selbst keine Leute.«

»Dann wenigstens zehn. Die Kalmare überfallen regelmäßig unsere Fischaufzuchtstationen . . . Sagen Sie, sind vielleicht Ihre Testpiloten im Augenblick ausgelastet?«

Matwej lebte auf. »Ja, das ist eine Idee!« rief er aus. »Wo steckt eigentlich Gaba jetzt? Ach, natürlich ... Also, geht in Ordnung, Jane. Sie bekommen Ihre zehn Mann.«

»Sie sind wunderbar, Matwej. Ich wußte doch, daß sich mit Ihnen reden läßt. Schicken Sie die Leute gleich zu mir, ich gehe bloß etwas essen. Und zu Gorbowski gewandt: »Auf Wiedersehen, Leonid. Wenn Sie sich vielleicht beteiligen wollen ... uns soll es recht sein.«

»Uff«, ächzte Matwej, als sich die Tür hinter der Biologin geschlossen hatte. »Eine phantastische Frau, aber immer möchte ich mit ihr nicht zusammenarbeiten. Da ist mir Lamondois schon lieber ... Wie bist du eigentlich mit Mark zufrieden?«

Gorbowski lächelte zur Antwort nur selbstgefällig und schenkte sich noch etwas Saft nach. Dann streckte er sich wieder wohlig in seinem Sessel aus und schaltete, nachdem er ein leises »Darf ich?« gemurmelt hatte, sein Radio ein. Auch Matwej machte es sich bequem.

»Bitte«, antwortete er geistesabwesend und sagte dann träumerisch: »Übrigens ... erinnerst du dich noch an den Blinden Fleck, Leonid, und wie Stanislaw Pischta, als er ihn erstürmt hatte, sein Glück in den ganzen Äther hinausschrie?«

»Matwej Sergejewitsch«, ertönte eine Stimme aus dem Lautsprecher, die den Direktor jäh aus seinen Erinnerungen riß, »ich habe eine Meldung von der ›Strela‹.«

»Gib sie durch«, antwortete Matwej und beugte sich erwartungsvoll vor.

»›Wir gehen auf die Umlaufbahn. Die nächste Funkverbindung erfolgt in vierzig Stunden. An Bord alles normal – Anton.‹ Die Verbindung war nicht besonders, Matwej Sergejewitsch, wegen des Magnetwirbels.«

»Danke«, sagte Matwej. Er sah besorgt aus. »Sag mal, Leonid«, fragte er unvermittelt, »was weißt du eigentlich von Kamillo?«

»Zum Beispiel, daß er niemals seinen Helm abnimmt«, antwortete Gorbowski. »Ich habe ihn beim Baden direkt mal danach gefragt.«

»Und was hältst du davon?«

Der andere zögerte mit der Antwort. »Ich glaube, daß das seine Sache ist.«

Gorbowski hatte keine Lust, sich über Kamillo zu unterhalten. Er lauschte einige Zeit dem Tam-Tam, dann sagte er: »Weißt du,

Matwej, aus irgendeinem Grund glauben die Leute, ich wäre Kamillos Freund. Und alle fragen mich aus nach ihm. Ich spreche aber nicht gern über dieses Thema. Wenn du irgendwelche Fragen hast, bitte schön.«

»Habe ich«, sagte er. »Ist Kamillo nicht verrückt?«

»Wo denkst du hin! Er ist so etwas wie ein Genie.«

»Ich frage mich nur, wieso er dauernd irgend etwas prophezeien muß. Das ist eine eigenartige Manie von ihm.«

»Was prophezeit er denn so?«

»Ach, dummes Zeug«, antwortete Matwej. »Das Ende der Welt unter anderem. Das Schlimme ist nur, daß niemand den Ärmsten verstehen kann ... Na gut, lassen wir das. Wovon hatten wir gesprochen?«

Der Bildschirm leuchtete abermals auf. Diesmal war es Kaneko. Seine Krawatte hing schief.

»Matwej Sergejewitsch«, sagte er einigermaßen atemlos. »Ich möchte gern die Liste für die Ulmotrone überprüfen. Sie müßten eine Kopie haben.«

»Mein Gott, wie mir das alles zum Hals raushängt«, sagte Matwej. »Entschuldige mich bitte, Leonid, ich muß leider weg.«

»Macht nichts, geh nur«, antwortete Gorbowski. »Ich werde inzwischen auf dem Kosmodrom nachsehen, ob meine ›Tariel‹ noch lebt.«

»Um zwei treffen wir uns bei mir zum Mittagessen«, sagte Matwej im Hinausgehen.

Gorbowski leerte sein Glas und drehte voller Wonne das Tam-Tam auf, bis es die höchste Lautstärke erreicht hatte, die nur möglich war.

3

Gegen zehn wurde die Hitze unerträglich. Durch die Fensterritzen drangen, aus der glutheißen Steppe herübergeweht, die beizenden Dämpfe der flüchtigen Salze. Über der Steppe flirrten Trugbilder. Robert hatte an seinem Sessel zwei riesige Ventilatoren angebracht und fächelte sich in halb liegender Stellung mit einer alten Zeitschrift Luft zu. Er tröstete sich mit der Hoffnung auf den Nachmittag, der zwar eine noch schlimmere Hitze, dafür aber auch bald den Feierabend bringen würde. Kamillo stand regungslos am Fenster, das nach Norden führte. Sie hatten ihre Unterhaltung beendet.

Auf dem Bildschirm des Registriergeräts zog ein endloses hellblaues Band mit den gezackten Linien einer elektronischen Aufzeichnung vorüber. Der Minicomputer nahm, für das menschliche Auge kaum wahrnehmbar, unmerklich einen dichten fliederfarbenen Schimmer an. Die Ulmotrone, hinter deren Bullaugen der Abglanz des Kernfeuers spielte, surrten leise.

Die Welle entwickelte sich schnell. Irgendwo am nördlichen Firmament züngelten über den weiten Flächen versengter Erde gigantische Fontänen aus heißem, gifthaltigem Staub in die Stratosphäre.

Das Videophon schrillte los, und Robert gab sich augenblicklich den Anschein eines beschäftigten Mannes. Er dachte, es sei Patrick oder gar – was bei dieser Hitze einem Unglück gleichgekommen wäre – Maljajew. Aber es war Tanja, frisch und munter, und auf den ersten Blick war zu sehen, daß bei ihr keine vierzig Grad herrschten, daß sie auch nicht die stinkigen Ausdünstungen der verdorrten Steppe einatmen mußte, daß die Luft, die sie umgab, vielmehr angenehm kühl war und die Brise vom nahen Meer den frischen Duft von Seetang herüberwehte, der bei Ebbe freigelegt wurde.

»Wie geht's dir ohne mich, Robby?« fragte sie.

»Schlecht«, beklagte sich Robert. »Es stinkt, es ist heiß, du bist nicht da, und obwohl ich gar zu gern schlafen würde, geht das nicht.«

»Ach, du Ärmster! Ich dagegen habe im Hubschrauber ein herrliches Schläfchen gemacht. Aber tröste dich trotzdem mit mir, ich habe heute auch einen schweren Tag. Wir feiern unser Sommerfest. Da wird's unheimlich viel Trubel geben. Schon jetzt sind die Kinder rein aus dem Häuschen. Bist du allein im Zimmer?«

»Nein, Kamillo ist hier, aber er sieht und hört wieder mal nichts. Tanjalein, wir müssen uns heute unbedingt treffen. Fragt sich nur wo?«

»Wirst du denn nachher abgelöst? – Na, wenn du willst, fliegen wir in den Süden.«

»Und ob! Eine prima Idee! Weißt du noch das Café im Fischerdorf? Wir werden Seezunge essen und jungen Wein trinken ... eisgekühlt!« Robert stöhnte vor Wonne auf und verdrehte die Augen. »Schon jetzt sehne ich den Abend herbei, und wie ich ihn herbeisehne!«

»Ich auch.« Sie sah sich rasch um. »Küßchen, Robby«, sagte sie, »ich ruf dich vorher noch mal an.«

»Ist gut«, antwortete Robert, »ich werde warten.«
Kamillo schaute noch immer zum Fenster hinaus, die Hände auf dem Rücken verschränkt. Seine Finger waren ständig in Bewegung. Kamillo hatte ungewöhnlich lange, geschmeidige Finger mit kurzgeschnittenen Nägeln, und er konnte sie erstaunlich schnell ineinander verflechten und wieder lösen. Robert ertappte sich dabei, daß er dieses Akrobatenstück nachzumachen versuchte.
»Es geht los«, sagte Kamillo plötzlich. »Ich würde Ihnen raten, mal hinauszuschauen.«
»Was geht los?« fragte Robert verständnislos. Er hatte keine Lust aufzustehen.
»Die Steppe ist in Bewegung«, antwortete Kamillo.
Robert erhob sich lasch aus seinem Sessel und trat ans Fenster. Zunächst bemerkte er gar nichts. Dann glaubte er an eine Halluzination. Doch als er genauer hinsah, zog ihn der Anblick so magisch an, daß er mit der Stirn gegen die Scheibe stieß: Die Steppe flirrte. Sie nahm sehr rasch eine andere Färbung an – ein unheimlicher rötlicher Schleier überzog ihre gelben Weiten. Vom Turm aus war zu erkennen, wie zwischen den ausgedorrten Halmen hellrote und dunkelrote Pünktchen durcheinanderwimmelten.
»Mamma mia!« rief Robert entsetzt aus. »Der rote Getreidefraß! Was stehen Sie denn noch herum?« Er hetzte zum Videophon. »Die Hirtenleitstelle!« brüllte er. »Den Diensthabenden!«
»Am Apparat«, meldete sich der Wachhabende sofort.
»Hier spricht die Steppenwache. Von Norden her ist der Getreidefraß im Anzug! Die ganze Steppe ist schon damit übersät!«
»Waas? Wiederholen Sie . . . Wer spricht überhaupt?«
»Hier ist die Steppenwache, Beobachter Skljarow. Von Norden her rückt der Getreidefraß näher! Schlimmer als vor zwei Jahren! Haben Sie verstanden? Die ganze Steppe brodelt schon!«
»Ich habe verstanden. Alles klar. Danke, Skljarow. Verdammtes Pech. Ausgerechnet heute sind unsere Leute alle im Süden. Ein Jammer . . . na gut . . .«
»Diensthabender!« brüllte Robert nochmals los. »Hören Sie, nehmen Sie Verbindung zum Alabasterberg auf oder mit Greenfield. Dort sind genügend Null-Physiker, die müßten helfen können.«
»In Ordnung! Vielen Dank, Skljarow. Geben Sie uns bitte sofort Bescheid, wenn der Getreidefraß im Abklingen ist.«
Robert sprang wieder zum Fenster. Der Getreidefraß rollte wie eine Woge heran, schon war vom Gras nichts mehr zu sehen.

»Himmel und Hölle«, murmelte Robert und preßte sein Gesicht an die Fensterscheibe. »Diesmal ist es tatsächlich schlimm.«

»Übertreiben Sie nicht, Robby«, sagte Kamillo. »Das eigentliche Unheil kommt erst noch. Was Sie hier sehen, ist lediglich interessant.«

»Na, ich danke«, entgegnete Robert wütend. »Alle Saatflächen gehen zum Teufel. Dann sitzen wir da ohne Brot und ohne Vieh.«

»Wird nicht so schlimm werden, Robby. So weit kommt es nicht.«

»Wollen's hoffen. Mehr kann ich dazu nicht sagen. Sehen Sie doch bloß mal, in welchem Tempo das vor sich geht. Die ganze Steppe ist schon rot.«

»Eine Naturkatastrophe«, sagte Kamillo lakonisch.

Unvermittelt brach die Dämmerung herein. Ein riesiger Schatten fiel auf die Steppe.

Robert drehte sich um und lief zum Fenster, das nach Osten lag. Eine breite, vibrierende Wolke verdeckte die Sonne.

Wieder konnte sich Robert nicht sofort erklären, was das zu bedeuten hatte. Anfangs wunderte er sich nur, denn normalerweise gab es auf dem Regenbogenplaneten tagsüber keine Wolken. Doch dann entdeckte er, daß es sich um Vögel handelte. Tausende und aber Tausende von Vögeln kamen aus dem Norden geflogen. Selbst durch das geschlossene Fenster hörte man den unablässigen Flügelschlag und die durchdringenden spitzen Schreie. Rückwärts tappte Robert zum Tisch.

»Wieso kommen die Vögel hierher?« fragte er bestürzt.

»Alles versucht zu fliehen«, sagte Kamillo. »Alles rennt um sein Leben. Ich an Ihrer Stelle würde auch rennen, Robby. Die Welle rückt nämlich näher.«

»Welche Welle?« Robert beugte sich vor und studierte die Instrumente. »Hier wird doch gar keine Welle angezeigt, Kamillo.«

»Wirklich nicht?« gab Kamillo kaltblütig zur Antwort. »Um so besser. Bleiben wir also noch ein bißchen hier und schauen wir zum Fenster hinaus.«

»Ich hatte auch nicht vor wegzulaufen. Mich wundert das Ganze bloß. Ich denke, wir sollten Greenfield benachrichtigen. Vor allem aber frage ich mich, wo die vielen Vögel auf einmal herkommen. Im Norden gibt's doch weit und breit nur Wüste.«

»Im Gegenteil, dort gibt es sehr viele Vögel«, antwortete Kamillo ungerührt. »Und große, blaue Seen, Schilf . . .« Er verstummte.

Robert sah ihn ungläubig an. Zehn Jahre arbeitete er nun schon auf dem Regenbogenplaneten, und immer war er überzeugt gewesen, daß es zum Norden, zur Hitzeparallele hin, absolut gar nichts gab – kein Wasser, kein Gras, kein Leben. Und nun plötzlich sogar Seen, Schilf . . . Da müßte man sich mal den Flyer schnappen und mit Tanja hinfliegen.

Das Rufsignal ertönte, und Robert drehte sich zum Bildschirm um. Es war Maljajew höchstpersönlich.

»Skljarow«, sagte er mit seiner gewohnt unangenehmen Stimme, und Robert fühlte sich sogleich verantwortlich für alles, auch für den Getreidefraß und das Auftauchen der Vögel. »Skljarow, hören Sie, evakuieren Sie unverzüglich den Steppenposten. Ich wiederhole: unverzüglich! Nehmen Sie beide Ulmotrone mit.«

»Fjodor Anatoljewitsch«, sagte Robert, »ich wollte Sie gerade davon unterrichten, daß der Getreidefraß eingesetzt hat und eine riesige Anzahl von Vögeln hier aufgetaucht ist . . .«

»Das soll jetzt nicht Ihre Sorge sein«, fiel ihm Maljajew ins Wort. »Führen Sie meinen Befehl aus. Nehmen Sie beide Ulmotrone, setzen Sie sich in den Hubschrauber und schnellstens ab nach Greenfield. Haben Sie mich verstanden?«

»Jawohl.«

»Jetzt ist es . . .«, Maljajew schaute auf die Uhr, »zehn Uhr fünfundvierzig. Spätestens um elf müssen Sie starten. Ich setze die ›Charybden‹ in Betrieb, berücksichtigen Sie das. Fliegen Sie sicherheitshalber etwas höher. Wenn Sie es nicht mehr schaffen sollten, die Ulmotrone zu demontieren, lassen Sie sie zurück.«

»Was ist denn passiert?«

»Die Welle kommt«, antwortete Maljajew und sah Robert erstmals voll an. »Sie hat die Hitzeparallele überquert. Beeilen Sie sich.«

Für den Bruchteil von Sekunden stand Robert wie vom Donner gerührt da. Dann warf er abermals einen prüfenden Blick auf die Instrumente. Wenn man ihnen trauen durfte, war die Eruption im Abflauen begriffen.

»Nun, das ist nicht meine Hochzeit«, sagte Robert achselzuckend. »Kamillo, helfen Sie mir?«

»Jetzt kann ich niemandem mehr helfen«, bemerkte der andere. »Übrigens geht mich das auch nichts an . . . Was soll ich denn machen – die Ulmotrone schleppen?«

»Ja – nur muß ich sie erst noch auseinandernehmen.«

»Soll ich Ihnen einen guten Rat geben?« fragte Kamillo. »Den siebentausendachthundertzweiunddreißigsten?«

Robert hatte bereits den Strom abgeschaltet und verpackte die einzelnen Elemente, wobei er sich fast die Finger verbrannte.

»Na, schießen Sie los mit Ihrem guten Rat«, sagte er.

»Lassen Sie hier alles stehen und liegen, nehmen Sie das Aeromobil, und fliegen Sie zu Ihrer Tanja.«

»Kein schlechter Rat«, meinte Robert und fuhr fort, die Apparate in ihre Bestandteile zu zerlegen. »Wäre mir schon recht . . . Fassen Sie mal mit an.«

Das Ulmotron, ein dicker, glatter Zylinder von anderthalb Meter Länge, wog etwa einen Zentner. Die beiden Männer hievten das Gerät aus seiner Vertiefung und trugen es zum Fahrstuhl. Sie hörten den Wind aufheulen und spürten, wie der Turm leicht zu schwanken begann.

»Es wird Zeit«, sagte Kamillo. »Wir müssen runter.«

»Wir können doch das zweite Ulmotron nicht dalassen.«

»Hören Sie, Robby, selbst dieses hier wird Ihnen nichts mehr nützen. Glauben Sie mir.«

Robert sah zur Uhr. »Wir haben noch etwas Zeit«, beharrte er. »Fahren Sie schon mal allein, und rollen Sie das Ding raus.«

Kamillo schloß die Kabinentür, und Robert eilte zurück. Draußen herrschte rotes Dämmerlicht. Die Vögel waren verschwunden, trotzdem hing über dem Himmel nach wie vor ein dichter Schleier, durch den nur mühsam schwaches Sonnenlicht sickerte. Der Turm zitterte und bebte unter den Windstößen.

»Wenn wir es bloß noch schaffen«, murmelte Robert vor sich hin.

Mit großer Kraftanstrengung zog er das zweite Ulmotron aus seiner Senke, wälzte es sich auf die Schulter und trug es zum Lift. Da flogen hinter ihm auch schon klirrend die Scheiben aus den Fensterrahmen; ins Labor fegte ein sengender Wind und trieb kratzende Staubwolken herein. Irgend etwas schlug Robert schmerzhaft gegen die Beine. Er ging in die Hocke, setzte das Ulmotron ab und betätigte den Knopf für den Aufzug. Der Motor heulte kraftlos auf und verstummte gleich darauf.

»Kamillo!« rief Robert und preßte sein Gesicht gegen die Gittereinfassung.

Es kam keine Antwort. Der Sturm pfiff klagend durch die eingedrückten Fenster, der Turm schwankte, und Robert hatte große Mühe, das Gleichgewicht zu bewahren. Er betätigte den Knopf ein zweites Mal. Der Lift rührte sich nicht vom Fleck. Robert tappte, sich gegen den Wind stemmend, zum Fenster und sah hinaus. Über der Steppe wirbelten dichte Staubmassen. Genau unter ihm, am Fuß des Turms, sah Robert etwas Metallisches blitzen. Es überlief ihn eiskalt, als er erkannte, daß es sich um den verstümmelten Flügel des Aeromobils handelte, den der Wind hin und her schleuderte. Robert schloß die Augen und leckte sich die ausgedörrten Lippen. Er hatte plötzlich einen bitteren Geschmack im Mund. Da sitzen wir ja schön in der Patsche, ging es ihm flüchtig durch den Sinn.

»Kamillo!« brüllte Robert aus Leibeskräften.

Er hörte kaum seine eigene Stimme. Sollte er durchs Fenster springen? Nein, er würde nicht lebend unten ankommen. Hatte es überhaupt Zweck, sich so abzustrampeln? Das Aeromobil war ohnehin nicht mehr zu gebrauchen. Dennoch, er mußte auf jeden Fall runter. Was trödelt Kamillo bloß so ewig herum, überlegte Robert wütend. Ich an seiner Stelle hätte schon längst den Lift repariert. Bei diesem Gedanken stürzte er wieder zum Fahrstuhl.

Er stieg über die Glassplitter hinweg, ging zur Gittertür und krallte sich mit beiden Händen an ihr fest. Na los, du großartiges Modell »Jugend«, sagte er sich, zeig, was du kannst. Bei der Tür hat man solide Arbeit geleistet. Wäre das Turmgerüst von gleicher Qualität, dann ginge auch der Fahrstuhl noch. Robert stemmte sich mit dem Rücken gegen die Tür, spannte sich und versuchte, sie einzudrükken. Eins, zwei, los! Ihm wurde schwarz vor Augen. Irgend etwas hatte geknackt – ob in der Tür oder in seinen Gelenken, er wußte es nicht. Noch einmal dasselbe! Endlich gab die Tür nach. Gleich wird sie in den Fahrstuhlschacht fliegen – und ich hinterher, dachte Robert. Zwanzig Meter mit dem Kopf nach unten, das dürfte reichen. Dazu dann noch das Ulmotron. Aus diesem Grund veränderte er seine Haltung: er stützte sich mit dem Rücken gegen die Wand und mit den Beinen gegen die Tür. Diesmal krachte es. Der untere Teil der Tür brach heraus. Robert fiel auf den Rücken, wobei er sich fast den Kopf einrannte. Einige Sekunden lag er reglos, ganz in Schweiß gebadet. Dann blickte er durch die entstandene Öffnung in die Tiefe. Weit unten war das Kabinendach zu erkennen. Er zögerte noch hinunterzuklettern, doch in diesem Augenblick begann sich der Turm zu neigen, und Robert wurde nach unten gezogen. Er leistete erst gar keinen Widerstand, ihm blieb sowieso nur dieser Ausweg.

Langsam begann er den Abstieg. Er rutschte und klammerte sich an Trägern und Streben fest. Der steife, durch den körnigen Staub wie eine Peitsche brennende Wind preßte ihn gegen das erhitzte Metall. Immerhin konnte er feststellen, daß der Staubanteil in der Luft plötzlich rapide sank und daß die Steppe wieder sonnenüberflutet dalag. Der Turm neigte sich noch immer. Robert war so begierig zu erfahren, was es mit dem Aeromobil auf sich hatte, und vor allem, wo Kamillo steckte, daß er bereits aus dem Schacht sprang, als er noch fast vier Meter vom Erdboden entfernt war. Er prellte sich schmerzhaft Arme und Beine. Das erste, was er erblickte, nachdem er sich aufgerappelt hatte, waren Kamillos Finger, die sich in die rissige Erde krallten.

Kamillo lag unter dem umgestürzten Aeromobil, seine Glaskugelaugen weit aufgerissen, und die dünnen Finger waren in die Erde gekrallt, als wollte er sich unter der zerstörten Maschine hervorstemmen. Vielleicht hatte er in seinen letzten Minuten starke Schmerzen gehabt. Seine weiße Jacke war ziemlich verschmutzt, auf seinen Wangen und den geöffneten Augen lag dikker Staub.

»Kamillo!« rief Robert entsetzt.

Der Wind rüttelte unbarmherzig an dem lädierten Flügel, er fegte gelbe Sandwolken vor sich her und heulte gellend um die Pfeiler des schrägstehenden Turmes. Am düsteren Himmel stand eine grausam flammende rote Sonne.

Robert erhob sich, stemmte sich gegen das Aeromobil und versuchte, es ein Stück zur Seite zu drücken. Für den Bruchteil von Sekunden gelang ihm das auch, und er konnte einen raschen Blick auf Kamillo werfen. Das Gesicht des Verunglückten war grau von Staub, seine ehemals weiße Jacke färbte sich rot. Lediglich der Plasthelm war verschont geblieben. Als sei nichts geschehen, blitzte er in der Sonne.

Roberts Knie wurden weich. Er setzte sich neben den Toten und war den Tränen nahe. Leb wohl, Kamillo, dachte er. Mein Ehrenwort, ich hab dich gern gehabt. Niemand konnte dich so richtig leiden, aber ich hab dich wirklich gemocht. Es stimmt schon, ich habe, wie auch die anderen, nie auf dich gehört, aber nur darum, weil ich gar nicht erst hoffen durfte, dich zu verstehen. Du standest mindestens eine Stufe höher als die anderen, von mir ganz zu schweigen. Und jetzt kann ich nicht einmal diesen Haufen Schrott von deiner zerschmetterten Brust wälzen. Als dein Freund wäre es jetzt meine Pflicht, bei dir zu bleiben. Aber Tanja wartet auf mich, womöglich wartet sogar Maljajew auf mich, und dann möchte ich auch schrecklich gern leben. Hier helfen keinerlei Gefühle und auch keine Logik. Ich weiß, daß ich nicht gehen dürfte, und doch gehe ich. Ich werde rennen, mich vorwärts schleppen, notfalls sogar kriechen. Um jeden Preis werde ich das. Ich Dummkopf, warum hab ich bloß nicht deinen siebentausendsten Rat befolgt. Natürlich, wie immer hab ich dich nicht verstanden, obwohl es hier eigentlich nichts zu begreifen gab . . .

Robert fühlte sich so matt und zerschlagen, daß er sich nur mit größter Überwindung aufraffen konnte, sich zu erheben und zu gehen. Als er sich noch einmal umwandte, um einen letzten Blick auf Kamillo zu werfen, entdeckte er die Welle.

Fern am nördlichen Horizont, hinter dem rötlichen Dunstschleier des sinkenden Staubes, funkelte am weißlichen Himmel ein breiter Streifen, blendend und gleißend wie die Sonne.

Das ist das Ende, dachte Robert stumpf. Ich werde nicht weit kommen. In einer halben Stunde wird sie hier sein und wird weiterrollen und eine kahle, schwarze Wüste hinter sich lassen. Dem Turm wird sie nichts anhaben können, auch die Ulmotrone werden heil bleiben und das Aeromobil, dessen abgerissener Flügel dann in der heißen Windstille baumelt. Möglicherweise bleibt auch Kamillos Helm ganz. Nur von mir wird nicht das geringste übrigbleiben. Wehmütig blickte Robert an sich herunter – klopfte sich auf die nackte Brust, betastete seinen Bizeps. Ein Jammer, dachte er bekümmert. Da bemerkte er den Flyer.

Er stand gleich hinter dem Turm – ein kleiner Zweisitzer, der seiner Form nach an eine bunte Schildkröte erinnerte. Es war ein schnelles Luftfahrzeug, sparsam im Verbrauch, verblüffend einfach und bequem zu handhaben. Kamillos Flyer! Natürlich, Kamillo war ja damit gekommen!

Robert machte erst ein paar unsichere Schritte, dann rannte er Hals über Kopf auf den Flyer zu. Er ließ kein Auge von dem Fahrzeug, so als befürchtete er, es könnte plötzlich verschwinden. In der Eile stolperte er und schlug der Länge nach in das stachlige Gras, wobei er sich Brust und Bauch wund scheuerte. Hastig sprang er wieder auf und blickte nach Norden. Am Horizont erhob sich bereits eine schwarze Wand. Am Flyer angelangt, stürzte Robert auf den Sitz und gab, kaum daß er den Steuerknüppel ertastet hatte, aus dem Stand heraus Vollgas. Der Flyer hüpfte wie ein Floh, der gewaltige Sprünge macht.

Die Steppenzone zog sich direkt bis Greenfield hin, und Robert durchquerte sie mit einer Schnittgeschwindigkeit von fünfhundert Stundenkilometern.

Kurze Zeit später war der gleißende Streifen am Horizont verschwunden. Die Steppe erschien wieder normal: trockenes, borstiges Gras, flirrende Luft über Salzböden und vereinzelte zwergenhafte Büsche. Die Sonne sengte unbarmherzig. Nicht das geringste deutete mehr auf Getreidefraß, Vögel und Sturm hin. Offenbar hatte der Orkan alles Leben fortgespült und sich dann in diesen seit eh und je unfruchtbaren Wüstenregionen des nördlichen Regenbogenplaneten verloren. Die Natur mußte diese Gegend für die ungeheuerlichen Experimente der Null-Physiker eigens geschaffen haben. Früher, als Robert noch ein Neuling in seinem Fach war, als die Hauptsiedlung schlicht und einfach »Station« hieß und Greenfield überhaupt nicht existierte, war die Welle als Folge eines phantastischen Versuchs des inzwischen verstorbenen Lü Fintschen schon einmal über dieses Gebiet hinweggegangen. Damals war hier alles schwarz gewesen, doch schon acht Jahre später hatte sich das zählebige, anspruchslose Gras wieder erholt und die Wüste abermals weit nach Norden, bis hin zum eigentlichen Eruptionszentrum, verdrängt.

Alles Leben wird von neuem erstehen, dachte Robert, wird existieren wie ehedem, nur Kamillo nicht. Und sollte jemals wieder jemand unvermutet hinter mir im Sessel sitzen, so weiß ich schon jetzt genau, daß es sich nur um eine Halluzination handeln kann. Und jetzt werde ich zu Maljajew gehen und ihm an den Kopf werfen, daß ich die verdammten Ulmotrone ihrem Schicksal überlassen habe. Bestimmt wird er daraufhin böse zischen: »Wie konnten Sie das wagen, Skljarow?« Und ich: »Einen Dreck gehen mich Ihre Ulmotrone an. Ihretwegen ist Kamillo gestorben.« Er dann wieder: »Das ist natürlich sehr bedauerlich, aber die Ulmotrone hätten Sie trotzdem mitbringen müssen.« Woraufhin ich alle Beherrschung verlieren und kein Blatt mehr vor den Mund nehmen werde: »Du bist ein Eiszapfen«, werde ich ihm entgegenschleudern, »ein Eisklotz mit einem Elektronengehirn! Was fällt dir ein, von Ulmotronen zu reden, wenn Kamillo tot ist! Ein Unmensch bist du, ein Stockfisch!«

Zweihundert Kilometer von Greenfield entfernt entdeckte Robert die »Charybden«, gigantische, ferngesteuerte Panzer, die ihre Rachen weit öffneten, um die Energie der Welle abzufangen. Die

»Charybden« gingen, so weit das Auge reichte, in kettenförmiger Anordnung vor, und zwar in genauen Abständen von jeweils einem halben Kilometer. Die 1000-PS-Motoren gaben ein scheppperndes Getöse von sich. Das Fahrwerk hinterließ in der gelben Steppe breite Streifen umgepflügter brauner Erde, die bis zum Basaltgrund des Planeten aufgewühlt war. Die Panzerketten glühten in der Sonne. Weit rechts schwebte am dunstigen Himmel ein kaum sichtbarer Punkt – der Hubschrauber, der die Operationen dieser Metallriesen koordinierte. Die »Charybden« zogen gegen die Welle.

Ihre Energieschlucker waren offenbar noch nicht in Betrieb, dennoch stieg Robert sicherheitshalber steil in die Höhe und ging erst tiefer, als Greenfield aus dem Dunst vor ihm auftauchte: einige weiße Häuschen und der quadratische Turm der Fernkontrolle, das Ganze umgeben von üppigem Grün. Nach Norden ausgerichtet, stand, schwarz und unbeweglich, auch hier eine »Charybde« und zielte mit ihrem abgrundtiefen Schlund direkt auf Robert. Zusätzlich waren rechts und links der Siedlung zwei weitere »Charybden« aufgestellt worden. Zwei Hubschrauber stiegen über dem Turm auf und drehten nach Süden ab. Auf der mit Rasen bestandenen Freifläche glänzten Aeromobile silbern in der Sonne.

Robert jagte seinen Flyer bis unmittelbar vor den Turmeingang und sprang auf die Treppe, die zum Turm hinaufführte. Jemand prallte erschrocken zurück, und eine Frauenstimme rief: »Wer sind Sie denn?« Robert hatte schon die Klinke der Glastür in der Hand, als er darin sein Spiegelbild entdeckte und für einen Moment reglos verharrte. Er war halbnackt, dreckverschmiert, seine Augen blickten böse; eine breite, blutverkrustete Kratzwunde zog sich vom Bauch bis zur Brust hoch. »Egal«, sagte er laut und riß die Tür auf. »Aber das ist doch Robert!« riefen mehrere Herumstehende verwundert. Langsam stieg er die Treppe empor und begegnete Patrick. Der starrte ihn mit offenem Mund an.

»Patrick«, sagte Robert, »Patrick, alter Junge, Kamillo ist tot.«

Patrick riß die Augen auf und preßte die Hand vor den Mund. Robert ging weiter. Die Tür zur Dispatcherzentrale stand offen. Hier fand er Maljajew, dann den Chef der Null-Physiker des Nordens, Schota Petrowitsch Pagawa, sowie Karl Hoffmann und noch einige andere Leute, wahrscheinlich Biologen. Robert blieb an der Tür stehen und hielt sich am Pfosten fest. Hinter ihm wurde Fußgetrappel laut, und jemand fragte: »Woher weiß er denn das?«

»Kamillo ...«, sagte Robert heiser und verstummte.

Alle sahen ihn verständnislos an.

»Was gibt's?« fragte Maljajew streng. »Was ist mit Ihnen, Skljarow, wieso sind Sie in diesem Aufzug?«

Robert trat an den Tisch heran, stützte seine verschmutzten Hände auf irgendwelche Papiere und sagte schroff: »Kamillo ist tot. Verunglückt!«

Es wurde sehr still. Maljajews Augen verengten sich.

»Was heißt verunglückt? Wo?«

»Er ist unter ein Aeromobil geraten«, antwortete Robert. »Wegen Ihrer wertvollen Ulmotrone. Er hätte sich bequem retten können, statt dessen hat er mir geholfen, diese verdammten Dinger zu tragen, und dabei hat's ihn erwischt. Ihre Ulmotrone habe ich dagelassen. Sie können sie holen, wenn die Welle vorbei ist. Verstehen Sie? Ich habe sie einfach liegengelassen. Es war mir egal.«

Man reichte Robert ein Glas Wasser. Er griff hastig danach und leerte es gierig. Maljajew schwieg. Sein bleiches Gesicht wurde noch um einen Schein blasser. Karl Hoffmann ordnete planlos irgendwelche Skizzen und hielt den Blick gesenkt. Pagawa erhob sich mit hängenden Schultern.

»Das ist ein schwerer Verlust«, sagte Maljajew nach einigem Schweigen. »Er war ein großartiger Mensch.« Er wischte sich die Stirn. »Ein ganz großartiger Mensch.« Dann sah er wieder zu Robert hinüber. »Sie sind sicher sehr erschöpft, Skljarow ...«

»Ich bin keineswegs erschöpft.«

»Bringen Sie sich in Ordnung, und erholen Sie sich.«

»Mehr haben Sie nicht zu sagen?« fragte Robert bitter.

Maljajews Gesicht nahm seinen gewohnten Ausdruck an – es wurde abweisend und hart. »Eine Auskunft möchte ich noch von Ihnen. Haben Sie die Welle gesehen?«

»Ja, ich habe die Welle gesehen.«

»Welcher Typ war es?«

In Roberts Gehirn klickte eine Art Relais, und alles war wieder wie früher. Vor ihm stand der allmächtige, kluge Vorgesetzte Maljajew, und er war der ewige Laborant und Beobachter Robert Skljarow, Modell »Jugend«.

»Ich glaube, der dritte«, antwortete er gefügig. »Eine Lü-Welle.«

Pagawa hob den Kopf. »Gut, gut«, sagte er unerwartet lebhaft, verstummte aber gleich darauf niedergeschlagen, setzte sich schlaff hin und stützte die Arme auf den Tisch. »Ach, Kamillo, Kamillo«, murmelte er. »So ein Unglück!« Er griff sich an die Schläfen und schüttelte betrübt den Kopf.

Einer der Biologen zupfte Maljajew am Ärmel, wobei er ängstlich in Roberts Richtung schielte, und fragte schüchtern: »Entschuldigen Sie bitte, aber was soll die Lü-Welle Gutes haben?«

Maljajew löste endlich seinen starren Blick von Robert und sagte: »Sie würde bedeuten, daß nicht alle, sondern nur einige Anbauflächen der Nordregion vernichtet werden. Aber wir sind noch nicht überzeugt, daß es sich tatsächlich um eine Lü-Welle handelt. Skljarow kann sich auch geirrt haben.«

»Das verstehe ich nicht«, sagte der Biologe bestürzt. »Wir hatten uns doch so abgesprochen, daß . . . Sie haben die ›Charybden‹ . . . Ist die Welle wirklich nicht aufzuhalten? Was sind Sie denn für Physiker?«

Karl Hoffmann bemerkte: »Vielleicht gelingt es uns, die Welle in ihrem diskreten Umkehrbereich zu ersticken.«

»Was heißt ›vielleicht‹?« rief eine Frau, die neben dem Biologen stand – Robert kannte sie nicht –, entrüstet aus. »Wissen Sie auch, daß das eine Unverschämtheit ist? Wo bleiben Ihre Garantien, wo Ihre schönen Versprechungen? Begreifen Sie eigentlich, daß Sie damit unseren Menschen Fleisch und Brot nehmen?«

»Ich verwahre mich gegen derlei Vorwürfe«, sagte Maljajew schneidend. »Ich spreche Ihnen mein tiefes Mitgefühl aus, aber Ihre Anschuldigungen müssen Sie schon an die Adresse von Etienne Lamondois richten. Wir führen keine Null-Experimente durch. Wir studieren die Welle.«

Robert machte abrupt kehrt und wandte sich zur Tür. Kamillo ist ihnen völlig gleichgültig, dachte er verbittert. Welle, Anbau, Fleisch – etwas anderes gibt es für sie nicht. Warum nur konnten sie Kamillo nicht leiden? Weil er klüger war als sie alle zusammen? Oder sind sie zu einem Gefühl, wie es die Liebe ist, gar nicht fähig? Im Türrahmen standen seine Jungs, alles ihm wohlbekannte Gesichter. Diesmal sahen sie bestürzt und traurig aus. Jemand faßte Robert beim Ellenbogen. Er schaute auf und begegnete den kleinen, kummervollen Augen Patricks.

»Komm, Robby, ich helf dir beim Waschen und Verbinden.«

»Patrick«, sagte Robert und legte ihm die Hand auf die Schulter. »Patrick, geh weg von hier. Such das Weite, wenn du nicht auch noch abstumpfen willst.«

Patrick zog eine Leidensmiene. »Was hast du denn, Robby«, murmelte er. »Du darfst nicht so reden. Das geht vorbei.«

»Geht vorbei«, wiederholte Robert mechanisch. »Alles geht vorbei. Die Welle geht vorüber. Das Leben geht vorüber. Und alles gerät in Vergessenheit. Ist es nicht *egal*, wann alles ins Nichts zurücksinkt? Ob nun gleich oder später ...«

Hinter ihnen stritten sich die Biologen. Jetzt schon unverblümt. Maljajew tobte: »Den Bericht!« Schota schrie: »Die Messungen werden keine Sekunde lang unterbrochen! Lasten Sie die gesamte Automatik aus! Erst wenn sie versagt, hören wir auf!«

»Komm, Robby«, bat Patrick.

In diesem Augenblick meldete sich in der Dispatcherzentrale, allen Zank und Streit übertönend, eine bekannte monotone Stimme und sagte: »Ich bitte um Aufmerksamkeit!«

Wie vom Donner gerührt, drehte Robert sich um. Zum zweiten Mal an diesem Tag wurden ihm die Knie weich: auf dem großen Bildschirm des Dispatchervideophons gewahrte er den häßlichen Plasthelm und die Glaskugelaugen Kamillos.

»Ich habe nicht viel Zeit«, sagte der Totgeglaubte. Es war der leibhaftige Kamillo – sein Kopf wackelte wie immer ein wenig hin und her, die dünnen Lippen bewegten sich kaum merklich, und die lange Nasenspitze bebte im Takt zu seinen Worten. »Ich bekomme keine Verbindung mit dem Direktor«, fuhr Kamillo fort. »Rufen Sie sofort die ›Strela‹. Evakuieren Sie unverzüglich den ganzen Norden! Un-ver-züg-lich!« Er wandte den Kopf und sah irgendwohin zur Seite. Dabei wurde seine staubverschmierte Wange sichtbar. »Hinter der Lü-Welle folgt eine Welle neuen Typs. Sie ist Ihnen bisher ...«

Der Bildschirm flammte gleißend auf, irgend etwas krachte, dann verlosch das Bild. Im Dispatcherraum herrschte Grabesstille. Da bemerkte Robert plötzlich Maljajews Blick, der furchterregend und durchdringend auf ihn gerichtet war.

4

Auf dem Regenbogenplaneten existierte ein einziges Kosmodrom, und auf diesem Kosmodrom stand wiederum nur ein einziges Raumschiff: die Landefähre »Tariel II« vom Typ Sigma-L. Schon von weitem war sie an ihrer siebzig Meter hohen, weiß und blau schimmernden Kuppel zu erkennen, die sich wie eine kleine helle Wolke über den flachen, dunkelgrünen Bauten des Tanklagers erhob. Gorbowski drehte mit seinem Flyer zwei Runden über dem Kosmodrom und hielt nach einem günstigen Landeplatz Ausschau. Direkt neben dem Raumschiff aufzusetzen war schwierig: es wurde von einer unübersehbaren Fahrzeugkolonne regelrecht belagert. Aus der Luft konnte Gorbowski die plumpen Service-Roboter erkennen, die sich an den sechs backbordseitigen Ausgängen zu schaffen machten. Er sah die Havarie-Kyber, die emsig die Außenhaut Zentimeter um Zentimeter untersuchten, und auch die graue »Roboteramme«, die ein Dutzend quicklebendiger kleiner Analysatoren unter ihre Fittiche genommen hatte. Ein gewohnter Anblick, der Gorbowskis Herz mit Freude erfüllte.

Nur vor der Gepäckluke herrschte ein heilloses, allen Bestimmungen hohnsprechendes Durcheinander. Die wehrlosen Kosmodrom-Kyber hatten einer Vielzahl von Tranportfahrzeugen weichen müssen: kleinen »Bindjugi« mit geringer Achslast; »Diligences«, einer Art Touristenfahrzeuge; Kleinwagen vom Typ »Testudo« und »Gepard« und sogar einem »Maulwurf«, einer gewaltigen Maschine, die für Erdarbeiten bei der Erzgewinnung eingesetzt wurde. All diese Fahrzeuge führten vor der Luke die kompliziertesten Manöver aus, wobei sie sich gegenseitig behinderten und zu verdrängen suchten. Seitlich vom Raumschiff standen in der prallen Hitze einige Hubschrauber; um sie her, achtlos hingeworfen, lagen leere Kisten, in denen Gorbowski nur unschwer die Verpackung der Ulmotrone ausmachen konnte. Auf diesen Kisten saßen mehrere Leute, die allesamt ein nicht gerade glückliches Gesicht machten.

Gorbowski, noch immer auf der Suche nach einem geeigneten Landeplatz, wollte gerade zur dritten Runde ansetzen, da bemekte er, daß sich ihm ein schweres Aeromobil an die Fersen geheftet hatte. Der Chauffeur des Verfolgungsfahrzeugs beugte sich bis zur Gürtellinie aus der geöffneten Luke und machte ihm unverständliche Zeichen.

Zwischen Hubschraubern und Kisten brachte Gorbowski seinen Flyer zum Stehen, und gleich setzte das Aeromobil ziemlich ungeschickt neben ihm auf.

»Ich bin nach Ihnen dran«, rief ihm der Fahrer des Aeromobils lebhaft zu, kaum daß er aus der Kabine gesprungen war.

»Das würde ich Ihnen nicht raten«, meinte Gorbowski lakonisch.

»Ich habe nämlich keinerlei Interesse an den Ulmotronen. Ich bin Kommandant der Landefähre.«

Auf dem Gesicht des anderen malte sich Entzücken.

»Das ist ja großartig!« rief er mit Verschwörermiene und sah sich verstohlen nach allen Seiten um. »Jetzt werden wir die Null-Leute an der Nase herumführen ... Wie heißen Sie denn, wenn Sie der Kommandant sind?«

»Gorbowski«, sagte der Raumfahrer und verbeugte sich leicht.

»Und der Pilot?«

»Walkenstein.«

»Ausgezeichnet«, sagte der Fahrer geschäftig. »Bleiben wir ruhig dabei. Sie sind ab jetzt Gorbowski, und ich bin Walkenstein. Kommen Sie.« Er faßte den widerstrebenden Gorbowski am Ellenbogen. »Hören Sie, mein lieber Gorbowski, wir riskieren dabei überhaupt nichts. Ich kenne diese Art Raumschiff in- und auswendig, bin selbst mal mit so einem Ding hier gelandet. Wir schlängeln uns durch in den Lagerraum, schnappen uns jeder ein Ulmotron und schließen uns im Mannschaftslogis ein. Und wenn dieser ganze Trubel hier vorbei ist« – er wies mit lässiger Geste über die Ansammlung von Fahrzeugen –, »gehen wir mit unserer Beute seelenruhig von Bord. Na, wie hab ich mir das ausgedacht?«

»Und wenn plötzlich der echte Pilot auftaucht?«

»Der müßte erst mal nachweisen, daß er der richtige ist«, entgegnete der andere überzeugt.

Gorbowski fing an, Spaß an der Sache zu finden. »Also los, gehen wir«, sagte er.

Der Pseudopilot strich sich das Haar glatt, gab sich einen energischen Ruck und setzte sich entschlossen in Marsch. Sie begannen, sich zwischen den Fahrzeugen hindurchzuzwängen. Der falsche Pilot redete ununterbrochen. Plötzlich wechselte er in einen tiefen, respekteinflößenden Baß über. »Ich meine«, dröhnte er so laut, daß es alle ringsum hören konnten, »die Reinigung der Diffusoren hält uns zu lange auf. Ich schlage vor, die Hälfte der Aggregate einfach auszuwechseln und unser Hauptaugenmerk auf die Kontrolle der Außenhaut zu richten ... Kollege, Sie stehen hier im Weg, fahren Sie Ihren Wagen mal etwas zur Seite ... Und dann, Walentin Petrowitsch, beim Übergang auf die Umlaufbahn ... Fahren Sie ein Stück zurück, Kollegen. Ich verstehe nicht, warum Sie sich hier so drängeln? Schließlich erfolgt die Ausgabe der Ulmotrone in genau festgelegter Reihenfolge, es gibt entsprechende Listen. Es genügt vollauf, wenn Sie einen Beauftragten schicken . . . Walentin Petrowitsch, ich weiß nicht, wie Sie darüber denken, aber mir war die Roheit der Undiner unheimlich. So etwas haben wir doch selbst unter den Tachorgern auf der Pandora nicht erlebt . . .«

»Sie haben ganz recht, Mark«, sagte Gorbowski amüsiert.

»Wie bitte? Ach ja, selbstverständlich . . . Schreckliche Sitten.«

Ein junges Mädchen mit einem seidenen Kopftuch lehnte sich aus der Kabine ihres »Bindjug« heraus und erkundigte sich: »Ich nehme an, ich habe Kapitän und Piloten vor mir!«

»Ja, das nehmen Sie richtig an!« antwortete Gorbowskis Gefährte herausfordernd. »Und in meiner Eigenschaft als Pilot möchte ich Ihnen raten, sich noch einmal die Entladeverordnungen durchzulesen.«

»Die Entladeverordnungen? Wozu das?«

»Weil Sie dann sehen werden, daß es fahrlässig war, Ihren Wagen in die Zwanzigmeterzone zu fahren.«

»Ich muß schon sagen, Jungs«, ertönte eine kecke, jugendliche Stimme, »dieser Pilot hier hat bedeutend weniger Phantasie als die ersten beiden.«

»Was wollen Sie damit zum Ausdruck bringen?« fragte der Pseudopilot beleidigt wie der falsche Nero.

»Wissen Sie«, sagte das Mädchen mit dem Kopftuch ziemlich schnippisch, »da drüben auf den leeren Kisten hocken bereits zwei Piloten und ein Kapitän. Und in den leeren Kisten waren mal Ulmotrone. Die hat schon jemand an sich genommen, und zwar der Bordingenieur – eine schüchterne junge Frau. Ihr ist jetzt der Bevollmächtigte des Obersten Rats auf den Fersen.«

»Was sagen Sie dazu, Walentin Petrowitsch!« rief der Pseudopilot pathetisch aus. »Das sind ja die reinsten Usurpatoren!«

»Ich habe so das Gefühl«, bemerkte Gorbowski nachdenklich, »daß es mir nicht gelingen wird, in mein eigenes Raumschiff zu kommen.«

»Das ist eine wahre Feststellung«, antwortete das Mädchen mit dem Kopftuch. »Wenn auch keine neue.«

Schon wollte der falsche Pilot energisch vorwärts stürmen, da rückte der rechts von ihm stehende »Bindjug« ein Stück nach links, der linker Hand stehende schwarzgelbe »Diligence« nach rechts, und unmittelbar vor der begehrten Luke fletschte plötzlich der »Maulwurf«, Erdklumpen werfend, seine blitzenden Greiferzähne.

»Walentin Petrowitsch«, schrie der falsche Pilot empört, »unter diesen Umständen kann ich für die Bereitschaft des Raumschiffs nicht garantieren.«

»Kalter Kaffee«, sagte der Fahrer des »Diligence« gelangweilt.

Die Jungstimme von vorhin erklärte: »Das ist vielleicht ein mieser Pilot. So was Lahmes. Der zweite Pilot hat wenigstens noch was geboten! Wie der sein Hemd hochgezerrt hat, um uns die Spuren der Meteoriten vorzuführen, die ihn erwischt hatten!«

»Nein, der erste war besser«, sagte der Fahrer des »Maulwurfs«.

Niedergeschmettert stand der Pseudopilot da und polkte zerstreut die Erdbrocken von den Zähnen des Baufahrzeugs.

»Was meinen Sie denn zu der Geschichte?« wandte sich der Fahrer des »Diligence« an Gorbowski. »Sie sind stumm wie ein Fisch, statt was zu sagen . . . irgendwas Überzeugendes.«

Alle warteten gespannt.

»Nun, ich könnte einfach durch die Passagierluke einsteigen«, meinte Gorbowski nachdenklich.

»Das könnten Sie nicht.« Der Chauffeur schüttelte den Kopf. »Sie ist nämlich von innen zugeschlossen.«

In die entstandene Pause schallte deutlich Kanekos Stimme: »Ich kann Ihnen unmöglich zehn Aggregate geben, Genosse Prosorowski. Verstehen Sie doch.«

»Sie müssen mich aber auch verstehen, Genosse Kaneko. Wir haben zehn Stück bestellt. Wie soll ich mich da mit sechs blicken lassen!«

Irgendein Witzbold mischte sich ein: »Nehmen Sie erst mal die sechs, Prosorowski. Bei uns werden nächste Woche vier Aggregate frei, die schicke ich Ihnen dann.«

»Wirklich? Versprechen Sie mir das?« fragte Prosorowski hoffnungsvoll.

Das Mädchen mit dem Kopftuch sagte: »Der Mann kann einem aber auch leid tun. Die haben sechzehn energiegebundene Objekte, und alle sind sie auf Ulmotrone ausgerichtet.«

»Ein Jammer ist das«, seufzte der Fahrer des »Diligence«.

»Und wir haben fünf«, beklagte sich der Pseudopilot. »Fünf Objekte und nur ein einziges Ulmotron. Was hätte es denen ausgemacht, hundert Stück mehr herzubringen.«

»Das Raumschiff hätte gut und gern zweihundert oder auch dreihundert Aggregate an Bord nehmen können«, schaltete sich Gorbowski ein. »Aber Ulmotrone sind heutzutage Mangelware, jeder braucht sie. Auf der Erde sind kürzlich sechs neue U-Fließbänder in Betrieb genommen worden ...«

»U-Fließbänder«, erwiderte das Mädchen mit dem Kopftuch. »Das sagen Sie so einfach dahin! Haben Sie überhaupt eine Vorstellung von der Funktionsweise eines Ulmotrons?«

»Na ja, so ganz allgemein.«

»Sechshundert Kilogramm Mikromillielemente ... mechanisierte Handsteuerung, Toleranzen von einem halben Mikron ... Aber welcher Mensch, der was auf sich hält, geht heute noch unter die Mechaniker! Würden Sie das vielleicht machen?«

»Dafür wirbt man Freiwillige an«, sagte Gorbowski.

»Ach so«, bemerkte der Fahrer des »Maulwurfs« wegwerfend. »Sie meinen die Woche zur ›Hilfe der Physiker‹!«

»Wissen Sie was, Walentin Petrowitsch«, sagte der Pseudopilot und zupfte Gorbowski verlegen lächelnd am Ärmel. »Gehen wir lieber, die lassen uns ja doch nicht durch.«

»Ich heiße übrigens Leonid Andrejewitsch«, sagte Gorbowski.

»Und ich Hans«, bekannte der andere bedrückt. »Kommen Sie, setzen wir uns dort auf die Kiste, und warten wir's ab. Vielleicht geschieht doch noch ein Wunder.«

Das Mädchen mit dem Kopftuch winkte ihnen spitzbübisch nach. Sie schlängelten sich durch die Autokolonne und gesellten sich zu den übrigen Pseudokosmonauten, die sie in mitfühlend-spöttischem Schweigen empfingen.

Gorbowski untersuchte eine der Kisten auf ihre Stabilität. Sie bestand aus dickem Plastmaterial. Es war brütendheiß. Eigentlich hatte der Kommandant hier absolut nichts verloren, doch er wollte, wie er das immer gern tat, die Leute kennenlernen, sie über ihr Leben ausfragen, über alles, was sie betraf. Er reihte mehrere Kiste nebeneinander, holte die Zustimmung der anderen ein, sich darauf auszustrecken, und machte es sich in seiner ganzen Länge bequem. Am Kopfende befestigte er mit Hilfe einer Schraubenzwinge eine Miniklimaanlage, dann schaltete er sein Radio ein.

»Mein Name ist Gorbowski«, stellte er sich vor. »Leonid. Ich bin der Kapitän dieses Raumfahrzeugs.«

»Ich auch«, verkündete ein dunkelgesichtiger Hüne, der rechts von Gorbowski saß, mit finsterer Miene. »Ich heiße Alpa.«

»Und ich Banin«, erklärte ein magerer Bursche mit nacktem Oberkörper und einem weißen Panamahut. »Ich bin und bleibe der Pilot. Zumindest so lange, bis ich ein Ulmotron bekomme.«

»Hans«, setzte der vorgebliche Walkenstein einsilbig die Vorstellungszeremonie fort. Er hatte sich nahe bei Gorbowskis Ventilator ins Gras gesetzt.

Der dritte Pilot hörte seinen Leidensgefährten offenbar gar nicht zu. Er hatte ihnen den Rücken zugekehrt und hielt einen Notizblock auf den Knien, in dem er eifrig schrieb.

Aus der Autoschlange löste sich ein langgestreckter »Gepard«. Der Wagenschlag wurde geöffnet, einige leere Ulmotronenkisten flogen hinaus, und schon jagte der »Gepard« in Richtung Steppe davon.

»Das ist Prosorowski«, sagte Banin neidisch.

»Tja«, meinte Alpa bitter, »Prosorowski hat's nicht nötig zu schwindeln. Er ist die rechte Hand von Lamondois.« Er seufzte tief auf. »Noch nie in meinem Leben habe ich gelogen. Ich hasse so etwas. Und nun fühl' ich mich ganz elend.«

Banin erwiderte tiefgründig: »Wenn der Mensch erst einmal anfängt zu lügen, obwohl er es gar nicht will, dann stimmt irgend etwas nicht. Ein kompliziertes Verhältnis von Ursache und Wirkung.«

Alpa ließ sich von dem Gedanken, den er soeben dargelegt hatte, nicht abbringen. »Scherz beiseite, bleiben wir mal bei diesem Lamondois. Der strebt auf Biegen und Brechen nach der Verwirklichung des Null-Transports. Alles andere ist ihm egal. Wie zu erwarten war, bringt die Null-T-Problematik eine Masse neuer Wissenschaftszweige hervor. Aber Lamondois ist gezwungen, einen nach dem anderen abzuschneiden oder sie einfach zu ignorieren. Er hat überhaupt nicht die Möglichkeit, jede dieser Nebenlinien gründlich auf ihre Perspektive hin zu prüfen. Mehr noch, er muß, wenn er vorankommen will, bewußt Dinge ausklammern, die offenkundig von allgemeingültigem Interesse sind. Ein typisches Beispiel dafür ist die Welle. Sie ist ein unerwartetes, erstaunliches und für meine Begriffe schreckliches Phänomen. Lamondois, der hartnäckig sein Ziel verfolgt, hat sogar eine Spaltung seines Lagers in Kauf genommen. Er hat sich mit Aristoteles zerstritten, hat es abgelehnt, mit den Erforschern der Welle Hand in Hand zu arbeiten. Er spezialisiert sich immer mehr und sieht nur noch seine eigene, engbegrenzte Problematik. Die Welle liegt für ihn weit ab vom Schuß. Er empfindet sie lediglich als Hindernis, nicht einmal hören will er von ihr. Und sie vernichtet inzwischen unsere sämtlichen Anbauflächen ...«

Über dem Kosmodrom dröhnte es unvermittelt aus dem Lautsprecher der allgemeinen Nachrichtenübermittlung: »Achtung, Regenbogen! Hier spricht der Direktor. Der Brigadier der Testflieger, Gaba, und seine Mannschaft bitte sofort zu mir kommen.«

»Die können von Glück reden«, sagte Hans. »Die brauchen wenigstens keine Ulmotrone.«

»Sie haben genug eigene Sorgen«, meinte Banin. »Ich hab ihnen mal beim Training zugesehen – na, ich weiß nicht. Da will ich mich lieber mal als Pilot ausgeben. Das schlimmste für sie aber ist, daß sie schon seit zwei Jahren untätig herumsitzen und sich jeden Tag aufs neue anhören müssen: ›Geduldet euch noch ein bißchen. Vielleicht ist es morgen soweit.‹«

»Ich freue mich, daß Sie von dem gesprochen haben, was weit ab vom Schuß liegt«, schaltete sich Gorbowski ein. »Von den weißen Flecken auf der Landkarte der Wissenschaft. Mich beschäftigt diese Frage auch immer wieder. Meiner Meinung nach sieht es bei uns auf diesem Gebiet nicht sehr rosig aus. Nehmen wir zum Beispiel die Massachusettsmaschine.« Alpa nickte zustimmend, und Gorbowski wandte sich jetzt direkt an ihn. »Wie ich sehe, erinnern Sie sich daran. Heute ist sie kaum noch im Gespräch, der Kybernetikrausch ist verflogen.«

»Mir sagt der Begriff ›Massachusettsmaschine‹ im Augenblick gar nichts«, gab Banin zu. »Was soll das für ein Apparat sein?«

»Sie kennen doch die ständige Furcht unserer Vorfahren, die Maschine könnte sich über den Menschen erheben und ihn versklaven. Etwa vor einem halben Jahrhundert wurde in Massachusetts das komplizierteste kybernetische System geschaffen, das bis dato existierte. Es verfügte über ein phänomenales Reaktionsvermögen, ein überaus leistungsstarkes Gedächtnis und dergleichen mehr ... Und was meinen Sie, wie lange diese Maschine gearbeitet hat: genau vier Minuten. Dann hat man sie abgeschaltet, all ihre Ein- und Ausgänge vermauert, hat sie vom Stromnetz abgeschnitten, vermint und mit Stacheldraht umzäunt. Mit ganz gewöhnlichem, rostendem Stacheldraht, ob Sie's glauben oder nicht.«

»Und aus welchem Grund?« fragte Banin erstaunt.

»Sie war im Begriff, sich zu *verselbständigen*«, antwortete Gorbowski.

»Das verstehe ich nicht.«

»Ich begreife es selbst nicht, jedenfalls konnte man sie gerade noch abschalten.«

»Hat jemand eine Erklärung dafür finden können?«

»Ich habe mit einem ihrer Konstrukteure gesprochen. Er legte mir die Hand auf die Schulter, sah mich eindringlich an und sagte nur: ›Leonid, es war furchtbar.‹«

»Das ist ein Ding!« sagte Hans.

»Märchen sind das«, erklärte Banin. »Mich interessiert so was nicht.«

»Mich schon«, entgegnete Gorbowski. »Schließlich kann sie jederzeit wieder eingeschaltet werden. Freilich, das ist vorerst vom Rat untersagt, aber warum sollte das Verbot nicht eines Tages aufgehoben werden?«

Alpa murmelte: »Jede Zeit hat ihre Hexenmeister und Gespenster.«

Gorbowski griff den Faden auf. »Bei dem Wort Hexenmeister fallen mir die Teufelsbrüder ein.«

Hans horchte auf, und Banin sagte: »Na eben, was ist denn eigentlich aus ihnen geworden?«

»Moment mal«, fragte Alpa, »sind das nicht die dreizehn Gelehrten, die sich bei dem Versuch, Mensch und Maschine zu kreuzen, selbst zur Verfügung gestellt haben? Sie sind doch, glaube ich, umgekommen!«

»Man behauptet es jedenfalls«, antwortete Gorbowski. »Aber das Problem liegt woanders: Mir scheint, daß damit ein Präzedenzfall geschaffen wurde.«

»Trotzdem«, sagte Banin, »man bezeichnet sie zwar als Fanatiker und Schwarzkünstler, aber meiner Ansicht nach waren diese Männer ganz sympathisch: ihr Bestreben, sich von allen Schwächen, Leidenschaften und Gefühlsausbrüchen zu befreien ... Nackter Verstand plus unbegrenzte Möglichkeiten zur Vervollkommnung des Organismus ... Ein Forscher, der auf keinerlei Apparaturen angewiesen, sondern selbst Apparatur und Versuchsobjekt ist. Und kein Schlangestehen nach Ulmotronen ... Ich stelle mir das herrlich vor: der Mensch als Flyer, der Mensch als Reaktor oder Laboratorium ... Unverwundbar und unsterblich ...«

»Aber ich bitte Sie! So was ist doch kein Mensch mehr!« sagte Alpa entrüstet. »Das ist eine Massachusettsmaschine.«

»Wieso sind sie denn zugrunde gegangen, wenn sie doch unsterblich sind?« fragte Hans.

»Sie haben sich selbst vernichtet«, antwortete Gorbowski. »Es ist offenbar kein Zuckerlecken, eine Mischung von Mensch und Laboratorium zu sein.«

Hinter den Fahrzeugen hervor kam ein Mann, der, vor Anstrengung krebsrot im Gesicht, ein Ulmotron auf der Schulter schleppte. Banin sprang von seiner Kiste und rannte los, um ihm beim Tragen behilflich zu sein. Gorbowski beobachtete nachdenklich, wie sie den Apparat im Hubschrauber verstauten. Der Mann mit dem krebsroten Gesicht schimpfte: »Nicht genug, daß sie einem statt drei Ulmotronen bloß eins geben, nicht genug auch, daß man bei dieser Sache einen halben Tag einbüßt, man muß obendrein noch beweisen, daß man einen Anspruch auf das Ding besitzt! Es wird einem einfach nicht geglaubt! Haben Sie da noch Töne? Nicht geglaubt! Da kann einem doch der Hut hochgehen ...«

Als Banin zurückgekehrt war, sagte Alpa gerade: »Das ist doch alles reichlich phantastisch. Wenn Sie die weißen Flecke auf der Landkarte der Wissenschaft interessieren, brauchen Sie Ihre Aufmerksamkeit nur auf die Welle zu lenken. Jede Woche erfolgt der reguläre Null-Transport. Und jeder dieser Versuche bewirkt eine Welle. Eine mehr oder weniger starke Eruption. Doch mit ihr befaßt man sich höchst dilettantisch. Wenn es da mal bloß nicht zu einer zweiten Massachusettsmaschine kommt, die sich verselbständigt. Dabei gäbe es dann allerdings keinen Knopf zum Abschalten. Kamillo – kennen Sie Kamillo? –, der sieht in der Welle ein Phänomen, das den ganzen Planeten angeht, doch seine Argumente sind leider schwer zu begreifen. Eine Zusammenarbeit mit ihm ist ziemlich schwierig.« Alpa seufzte und fuhr fort: »Probleme, nichts als Probleme, Widersprüche, Synthese, Front und Hinterland ... Aber haben Sie bemerkt, wer hier sitzt? Sie, der da, ich ... Alles Unglücksraben. Ausgestoßene der Wissenschaft. Die Wissenschaft ist da drüben – die bekommt Ulmotrone ...«

Er wollte noch etwas hinzufügen, doch in diesem Moment dröhnte es erneut aus dem Lautsprecher: »Achtung, Regenbogen! Hier spricht der Direktor. Der Kommandant der ›Tariel II‹, Leonid Andrejewitsch Gorbowski, und der Chefenergetiker des Planeten, Genosse Kaneko, bitte unverzüglich zu mir kommen. Ich wiederhole ...«

Sogleich steckten alle Fahrer die Köpfe aus dem Fenster. Auf ihren Gesichtern zeichnete sich unbeschreibliche Genugtuung ab, als sie zu den falschen Raumfahrern hinübersahen. Banin zog, so gut es ging, den Kopf ein und hob beschwörend die Hände, Alpa wandte sich verdrießlich ab, nur Hans blieb guter Laune und rief zu den

Fahrern hinüber: »Ich war nicht gemeint, ich bin ja der Pilot.« Nur Gorbowski erhob sich eilig und begab sich, unter den erstaunten Blicken der anderen, zurück zu seinem Flyer.

5

Matwej war nicht allein im Zimmer. Auf seinem Schreibtisch saß mit baumelnden Beinen, die Hände unter den Oberschenkeln verschränkt, ein kleiner schwarzhaariger Mann, dessen dunkle Augen lebhaft blitzten. Seine jungenhaften Bewegungen glichen denen eines Schulabgängers. Das war Etienne Lamondois, das Haupt der Null-Physik, der »schnelle Physiker«, wie ihn seine Kollegen nannten.

»Gestatten Sie?« fragte Gorbowski.

»Ah, da ist er ja«, sagte Matwej. »Sind Sie miteinander bekannt?«

Lamondois sprang behende vom Tisch, ging ohne Umschweife auf Gorbowski zu und schüttelte ihm kräftig die Hand.

»Ich freue mich, Sie zu sehen, Kapitän«, sagte er und lächelte gewinnend. »Gerade haben wir von Ihnen gesprochen.«

»Und wir von Ihnen«, erwiderte Gorbowski, wobei er rückwärts nach dem Sessel griff und sich setzte.

Etienne Lamondois machte eine leichte Verbeugung, nahm seinen Platz auf dem Tisch des Direktors wieder ein und fuhr in seiner Rede fort: »Gewiß . . . die ›Charybden‹. Sie stehen hart im Einsatz. Das muß man Maljajew lassen – er hat da ganz ausgezeichnete Maschinen konstruiert. Interessant ist, daß die nördliche Welle einen völlig neuen Typ darstellt. Seine Leutchen haben sogar schon die Zeit gefunden, ihr einen Namen zu geben. P-Welle heißt sie. Na, wie finden Sie das? Nach dem langnasigen Schota Pagawa benannt. Hol's der Teufel, aber ich muß zugeben, daß ich mir vor Ärger die Haare raufen könnte. Wieso nur habe ich diesem grandiosen Phänomen nicht schon eher Beachtung geschenkt! Ich werde mich bei Aristoteles entschuldigen müssen, er hat recht gehabt. Er und Kamillo. Ich verehre Kamillo. Das habe ich übrigens auch früher schon getan, doch jetzt erst, scheint mir, begreife ich, was er die ganze Zeit im Sinn hatte. Wissen Sie eigentlich, daß Kamillo umgekommen ist?«

Matwej zuckte überrascht zusammen.

»Schon wieder?« fragte er.

»Ach so, Sie wissen schon Bescheid! Eine eigenartige Geschichte ist das. Er ist gestorben und wiederauferstanden. Wie Jesus Christus! Übrigens, was ich Sie in diesem Zusammenhang fragen wollte – glauben Sie, daß Skljarow Kamillo einfach im Stich gelassen hat, als er die Welle kommen sah? Ich nicht. Aber das ist vielleicht jetzt nicht so wichtig. Fahren wir besser mit der Bestandsaufnahme fort: Die nördliche Welle hat also den Gürtel der Kontrollstationen erreicht. Die erste, die Lü-Welle, konnte aufgelöst werden. Die zweite, die P-Welle, jagt die ›Charybden‹ mit einer Geschwindigkeit von zwanzig Stundenkilometern vor sich her. Es ist deshalb anzunehmen, daß die Anbauflächen im Norden doch vernichtet werden. Wir mußten die Biologen mit Hubschraubern ausfliegen . . .«

»Ich weiß«, sagte der Direktor, »sie haben sich beschwert.«

»Was soll man da machen! Ihr Verhalten ist zwar verständlich, aber eigentlich ihrer nicht würdig. Doch wenden wir uns jetzt der zweiten Front, dem Süden zu. Über dem Ozean konnte die Welle aufgehalten werden. In diesen Breiten läßt sich jetzt eine Beobachtung machen, für die Lü wahrscheinlich die Hälfte seines Lebens hingegeben hätte: die Deformierung des ringförmigen Typs. Sie entspricht der Kappagleichung, und wenn die Welle ein Kappafeld hat, so kommt schlagartig Licht in die Dinge, mit denen sich unser armer Maljajew die ganze Zeit herumgeschlagen hat: die D-Durchdringung, die Telegenität der Fontänen, die ›doppelten Trugbilder‹ . . . Zum Teufel noch mal, in den letzten drei Stunden haben wir mehr über die Welle erfahren als in den vergangenen zehn Jahren. Matwej, nehmen Sie schon jetzt zur Kenntnis, daß wir, sobald dieser Wirbel hier vorbei ist, ein U-Registriergerät benötigen, vielleicht sogar zwei. Betrachten Sie das als einen Antrag meiner Abteilung. Die gewöhnlichen Rechner werden uns da nicht weiterhelfen. Das können allein Lü-Algorithmen und die Lü-Logik.«

»Gut, gut«, sagte Matwej. »Wir waren beim Süden.«

»Im Süden liegt, wie gesagt, der Ozean, um diese Region brauchen Sie sich keine Gedanken zu machen. Dort ist die Welle bis zm Puschkinufer vorgedrungen, hat den Südlichen Archipel verbrannt und ist dann zur Ruhe gekommen. Ich nehme stark an, daß sie nicht weiterrücken wird. Zu schade, daß die Beobachter Hals über Kopf das Weite gesucht und die gesamte Automatik zurückgelassen haben. Deshalb wissen wir von der südlichen Welle fast gar nichts.« Er schnalzte ärgerlich mit den Fingern. »Ich verstehe natürlich sehr gut, daß Sie etwas völlig anderes interessiert. Aber was soll ich tun, Matwej! Man muß die Dinge realistisch sehen. Der Regenbogenplanet ist ein Planet der Physiker. Er ist unser Labor. Die Energiestationen sind im Augenblick zwar unweigerlich dahin, aber wenn dieses Experiment beendet sein wird, werden wir sie alle zusammen wiedererrichten. Denn wir werden sehr viel Energie brauchen! Und was die Fischaufzucht betrifft – die soll der Teufel holen . . . Wir Null-Leute haben uns moralisch darauf eingerichtet, Fischsuppe und Tintenschnecken nicht mehr auf der Speisekarte zu suchen: Nehmen Sie's uns nicht übel, Matwej . . .«

»Das tu' ich auch gar nicht«, erwiderte der Direktor mit einem tiefen Seufzer. »Allerdings sind Sie ein großes Kind, Etienne. Sie zerstören im Spiel alles, was den Erwachsenen teuer ist.« Er seufzte abermals. »Bemühen Sie sich wenigstens, die südlichen Anbauflächen zu retten. Unsere wirtschaftliche Unabhängigkeit würde ich nur ungern einbüßen.«

Lamondois sah zur Uhr, nickte zerstreut und war, ohne ein weiteres Wort zu verlieren, draußen. Der Direktor warf einen Blick zu Gorbowski hinüber und fragte mit einem bitteren Lachen: »Na, wie gefällt dir das, Leonid? Tja, mein Lieber, dagegen ist die arme Postyschewa ein Engel. Diese Vandalen! Wenn ich bedenke, daß zu all meinen sonstigen Wehwehchen nun noch die Sorge um die Wiederherstellung unseres gesamten Versorgungsnetzes kommt, stehen mir die Haare zu Berge.« Er zupfte nervös an seinem Schnurrbart. »Andererseits hat Lamondois auch wieder recht – der Regenbogenplanet ist wirklich das Terrain der Physiker. Aber was, um Himmels willen, wird Kaneko dazu sagen. Oder Jane . . .« Er schüttelte resigniert den Kopf und zuckte mit den Schultern. »Ach ja, Kaneko! Wo steckt er denn überhaupt?«

»Matwej«, fragte Gorbowski, »könnte ich vielleicht erfahren, warum du mich herbestellt hast?«

Der Direktor wandte ihm den Rücken zu und machte sich an den Tasten des Selektiergerätes zu schaffen.

»Hast du es bequem?« erkundigte er sich, ohne auf Gorbowskis Frage einzugehen.

»Ja«, antwortete der Raumfahrer. Er rekelte sich behaglich im Sessel.

»Möchtest du etwas trinken?«

»Gern sogar.«

»Bedien dich, im Kühlschrank findest du alles. Willst du auch etwas essen?«

»Im Augenblick nicht, aber ein bißchen später vielleicht.«

»Gut, dann werden wir uns auch ein bißchen später unterhalten. Und nun stör mich bitte nicht bei der Arbeit.«

Gorbowski holte sich aus dem Kühlschrank ein Glas und mehrere Säfte, mixte sich einen Cocktail und nahm seine halb liegende Stellung im Sessel wieder ein. Der Sessel war weich und kühl, der Cocktail eiskalt und wohlschmeckend. Gorbowski lag entspannt da, schlürfte sein Getränk durch einen Strohhalm, wobei er vor Behagen die Augen schloß, und hörte dem Gespräch zwischen dem Direktor und Kaneko zu. Der Chefenergetiker erklärte, daß er nicht kommen könne – man ließe ihn einfach nicht fort. Wer ihn denn festhielte, erkundigte sich Matwej, er werde ihm gleich mal Gaba zur Unterstützung schicken. Worauf Kaneko erwiderte, er hätte dort auch ohne den Testflieger genügend Trubel. Dann berichtete Matwej von der Welle, und ein wenig betreten erinnerte er Kaneko bei dieser Gelegenheit an seine Pflichten als Leiter des APS, des Amtes für Persönliche Sicherheit. Ärgerlich behauptete Kaneko, daß er sich nicht entsinnen könne, diese Funktion innezuhaben, und Gorbowski fand das durchaus verständlich.

Mit den Leitern des APS nämlich empfand er schon seit jeher so etwas wie Mitleid. Jeder erschlossene, mitunter auch erst halb erschlossene Planet zog früher oder später viele Fremde an: Touristen, Urlauber (mit Kind und Kegel manchmal), freischaffende Künstler, die auf der Suche nach neuen Eindrücken waren, Leute, die irgendwelche Mißerfolge gehabt hatten und sich nun in die Einsamkeit oder auch in eine schwere Arbeit flüchten wollten, begeisterte Jäger und sonstige Abenteurer, die in keinem Register geführt wurden, mit niemandem auf dem Planeten bekannt waren und das auch möglichst nicht werden wollten. Der Leiter des APS nun hatte die undankbare Pflicht, jeden dieser Fremden persönlich aufzusuchen, ihn von den spezifischen Gefahren des Planeten in Kenntnis zu setzen und dafür zu sorgen, daß der Betreffende Tag für Tag sein Erkennungssignal an eine Registriermaschine schickte. Auf bösartigen Planeten vom Typ Jaila und Pandora etwa, wo den Neuling auf Schritt und Tritt alle möglichen Gefahren umlauerten, hatten die Mitarbeiter des APS schon mehr als einem von ihnen das Leben gerettet. Auf dem Regenbogenplaneten jedoch, der flach war und übersichtlich wie ein Brett, dessen ausgeglichenes Klima – auch das Meer war stets sanftmütig und ruhig – und die nur spärlich ausgeprägte Tierwelt kaum Gefahren in sich bargen, mußte sich das APS zwangsläufig in eine reine Formsache verwandeln und hatte es allem Anschein nach bereits getan. Folglich befaßte sich Kaneko, der die Unsinnigkeit seiner Funktion durchaus erkannte, auch nicht mit der Aufklärung der Schriftsteller, die nichts weiter als Ruhe zum Arbeiten brauchten, und nicht mit dem Aufspüren der recht verschwiegenen Spazierwinkel von Liebespärchen und Jungvermählten, sondern mit seiner Energieplanung oder anderen handfesten Dingen.

»Wieviel Fremde gibt es zur Zeit auf dem Regenbogenplaneten?« fragte Matwej.

»Etwa sechzig, vielleicht auch ein paar mehr.«

»Kaneko, mein Lieber, so schwer es dir fällt, aber du mußt diese Leute unverzüglich auffinden und in die Hauptstadt evakuieren.«

»Ich verstehe den Sinn dieser Maßnahme nicht ganz«, erwiderte Kaneko höflich. »In den bedrohten Regionen halten sich die Touristen ohnehin niemals auf. Da gibt es nur kahle, ausgedörrte Steppe, in der es unerträglich heiß ist und zudem jämmerlich stinkt.«

»Bitte, Kaneko, wir wollen nicht darüber streiten«, sagte Matwej. »Welle ist Welle. In einer solchen Situation ist es besser, wir haben alle Fremden in Reichweite. Jetzt wird gleich Gaba mit seinen Nichtsnutzen hier aufkreuzen, den schicke ich dir rüber. Sieh zu, daß du bald damit zu Rande kommst.«

Gorbowski hatte den Strohhalm beiseite gelegt und schlürfte das Getränk direkt aus dem Glas. Er hing seinen Gedanken nach. Kamillo ist gestorben und wiederauferstanden, ging es ihm durch den Kopf. Etwas Ähnliches habe ich doch schon mal gehört. Offenbar hat diese berüchtigte Welle eine regelrechte Panik hervorgerufen. In einem solchen Chaos glaubt man immer, daß irgendwelche Menschen, die man kannte, umgekommen sind, und dann trifft man sie plötzlich zur größten Verwunderung in einem Restaurant wieder, Millionen Kilometer von dem Ort entfernt, wo sie angeblich zugrunde gingen. Ihre Gesichter sind vielleicht ein wenig zerschunden, ihre Stimmen heiser, aber forsch. Sie hören sich deine Geschichte an und verputzen dabei die sechste Portion marinierter Garnelen mit Chinakohl.

»Matwej«, fragte er, »wo steckt denn Kamillo jetzt?«

»Ach, das weißt du ja noch nicht«, sagte der Direktor. Er ging zu dem Tisch, auf dem die Getränke standen, und mixte sich einen Cocktail aus Granatapfelsaft und Ananassirup. »Maljajew hat mich aus Greenfield angerufen. Kamillo war aus unerfindlichen Gründen zur Beobachtungsstation gekommen, war dort geblieben, und das zu einem Zeitpunkt, als die Welle schon heranrollte. Eine verwickelte Geschichte. Der beobachtende Assistent, ein gewisser Skljarow, kam mit Kamillos Flyer in Greenfield angesaust, machte die Leute dort verrückt und erklärte, Kamillo sei erschlagen worden. Keine zehn Minuten später meldete sich Kamillo selbst über Videophon, prophezeite wie üblich etwas, das niemand recht begriff, und verschwand erneut. Nun frage ich dich, ob man Kamillo nach solchen Mätzchen noch ernst nehmen kann.«

»Schwer zu sagen, Kamillo ist wirklich ein sonderbarer Kerl«, entgegnete Gorbowski und fügte dann hinzu: »Mich interessiert aber, wer dieser Skljarow ist.«

»Assistent bei Maljajew, wie ich schon sagte. Ein gewissenhafter, sympathischer Bursche, wenn auch nicht gerade der Schlaueste ... Aber die Annahme, er hätte Kamillo verraten, ist einfach absurd. Nur ein Maljajew kann solche Hirngespinste ausbrüten.«

»Nichts gegen Maljajew«, erwiderte Gorbowski. »Er ist nur logisch in seinen Schlußfolgerungen. Aber lassen wir das jetzt. Die Welle ist im Augenblick wichtiger.«

»Von mir aus«, sagte der Direktor zerstreut.

»Ist sie sehr gefährlich?«

»Wie bitte?«

»Ob die Welle sehr gefährlich ist.«

Matwej schnaufte. »Im Prinzip stellt die Welle immer eine tödliche Gefahr dar«, sagte er. »Unglücklicherweise wissen die Physiker niemals im voraus, wie sie beschaffen sein wird. Sie kann in einem beliebigen Moment abklingen« – er schwieg bedeutungsvoll –, »sie kann aber auch weiterrollen, und dann sieht es schlimm aus.«

»Und man entkommt ihr in keinem Fall?«

»Ich habe noch nicht gehört, daß es jemand versucht hätte. Man behauptet, sie biete einen grauenvollen Anblick.«

»Hast du sie etwa noch nie gesehen?«

Matwejs Schnurrbart sträubte sich ungehalten. »Du müßtest bereits bemerkt haben«, sagte er, »daß ich keine Zeit habe, auf dem Planeten kreuz und quer herumzugondeln. Dauernd muß ich auf jemanden warten, jemanden besänftigen, jemanden aufsuchen ... Ich kann dir versichern, wenn ich nur ein bißchen Freizeit hätte ...«

Vorsichtig erkundigte sich Gorbowski: »Matwej, ich glaube fast, du brauchst mich für die Suchaktion nach den Fremden. Ist es so?«

Der Direktor sah ihn wütend an: »Willst du jetzt etwas essen?«

»N-nein.«

Matwej ging im Zimmer auf und ab. »Gut, ich will dir sagen, was mich beunruhigt. Erstens: Kamillo hat prophezeit, daß dieses Experiment schlecht ausgehen wird. Die Physiker haben ihm keinen Glauben geschenkt, ich folglich auch nicht. Und nun hat Lamondois zugegeben, daß Kamillo recht hatte. Zweitens . . .«

Die Tür wurde aufgerissen, und herein polterte ein riesiger junger Afrikaner in kurzen weißen Hosen, weißer Jacke und weißen Leinenschuhen an den bloßen Füßen. Er lächelte breit, wobei sein prächtiges Gebiß sichtbar wurde, und erklärte mit drolligem Pathos: »Du riefst mich, und ich bin erschienen! Was wünscht mein Herr und Gebieter, der Direktor, von mir? Willst du, daß ich eine Stadt zerstöre, oder soll ich ein Schloß errichten! Ich wollte die schönste aller Frauen, genannt Jane Pickbridge, für dich einfangen, doch ihr Zauber war stärker, und so blieb sie im Fischerdorf und schickt dir von dort Grüße, die leider nicht gerade schmeichelhaft sind.«

»Die Pickbridge läßt mich im Augenblick kalt«, erwiderte der Direktor ungerührt. »Grüße von Lamondois wären mir lieber.«

»Du hast recht, o Herr!« rief der Afrikaner.

»Gaba«, sagte der Direktor, »weißt du, daß die Welle im Anrollen ist?«

»Das soll eine Welle sein?« fragte der Afrikaner verächtlich. »Erst in dem Augenblick, wo ich in die Startkammer steige und Lamondois den Schalthebel betätigt, wird man von einer wirklichen Welle sprechen können! Alles andere ist blauer Dunst, leichtes Geplätscher, nicht der Rede wert! Aber ich höre dich an und bin bereit, mich zu unterwerfen.«

»Bist du mit deiner Brigade hier?« fragte der Direktor geduldig. Stumm wies Gaba mit dem Kopf zum Fenster. »Dann nimm deine Leute, und marsch ab zum Kosmodrom. Du hältst dich zu Kanekos Verfügung.«

»Mit Leib und Seele«, erwiderte der Afrikaner.

In diesem Moment schmetterten vor dem Fenster ein paar kräftige Männerkehlen zu den Klängen eines Banjos:

»Auf dem schönen Regenbogen,
Regenbogen, Regenbogen . . .«

Mit einem Satz war Gaba am Fenster und brüllte: »Ru-he!«
Der Gesang brach ab. Dafür schlug einer der Burschen einen durchdringenden, klagenden Ton an und plärrte:

»Dig my grave both long and narrow,
Make my coffin neat and stro-o-ong . . .«
Schaufelt mir ein Grab, lang und schmal,
zimmert mir einen festen Sarg,
sauber und bequem . . .
(amerikanisches Volkslied)

»Ich gehe jetzt«, sagte Gaba etwas betreten und setzte mit einem gewaltigen Sprung über das Fensterbrett. Unten wurde fröhliches Gejohle laut.
»Taugenichtse«, brummte der Direktor und lächelte ihnen wohlwollend hinterher. Er schloß das Fenster. »Sie haben Langeweile, die Burschen. Richtig fehlen werden sie mir.«
Matwej verharrte noch etwas am Fenster, und Gorbowski betrachtete mit halbgeschlossenen Augen den Rücken seines Freundes. Es war ein sehr breiter Rücken, der aber gleichzeitig zusammengekrümmt schien und einen unglücklichen Eindruck machte, so daß Gorbowski eine sonderbare Unruhe in sich aufsteigen fühlte. Matwej als ehemaliger Raumfahrer und Landeflieger durfte einfach keinen solchen Rücken haben.
»Matwej«, fragte Gorbowski, »brauchst du mich wirklich hier?«
»Ja«, antwortete der Direktor. »Sehr sogar.« Er schaute noch immer zum Fenster hinaus.
»Matwej«, begann Gorbowski erneut, »sag mir, was los ist.«
»Es sieht nicht rosig aus«, begann Matwej und verstummte.
Gorbowski suchte sich eine neue Lage; als er sie gefunden hatte, schaltete er ganz leise sein Radio ein und sagte ebenso leise: »Also gut, mein Lieber. Ich werde einfach hier sitzen und dir ein bißchen Gesellschaft leisten.«
»Ja, tu das bitte.«
Traurig und versonnen klimperte eine Gitarre, im Fenster spielte der Widerschein des rotglühenden Himmels, im Zimmer herrschte Kühle und ein leichtes Dämmerlicht.
»Abwarten. Wir können nur abwarten«, sagte der Direktor unvermittelt und ging zurück zu seinem Sessel.
Gorbowski schwieg. »Ach herrje!« rief er plötzlich aus. »Was bin

ich doch unhöflich! Ich habe mich noch nicht einmal erkundigt, wie es Shenetschka geht.«

»Danke, gut.«

»Ist sie nicht zurückgekommen?«

»Nein, bisher noch nicht. Ich hab so das Gefühl, daß sie auch gar nicht richtig will.«

»Alles wegen Aljoschka?«

»Natürlich. Es ist mir einfach unbegreiflich, wie sehr er ihr Leben ausfüllt.«

»Weißt du noch, als sie immer sagte: Laß ihn nur erst da sein . . .«

»Ich erinnere mich an alles«, erwiderte Matwej. »Sogar an das, wovon du keine Ahnung hast. Anfangs hat sie sich furchtbar mit ihm abgeplagt und ständig gejammert: sie hätte kein Muttergefühl, sie wäre aus Holz und anderes mehr. Dann trat mit einemmal ein Wandel ein. Ich habe selbst nicht gemerkt, wie. Na ja, er ist auch wirklich ein liebes Kerlchen. Sehr anhänglich und schlau. Als ich eines Abends mit ihm im Park spazierenging, fragt er mich doch: Papa, was kauert denn da? Ich verstand ihn erst gar nicht, bis ich plötzlich begriff, was er meinte: Der Wind schaukelte nämlich die Laternen hin und her, und der Junge hatte ihre Schatten auf der Erde bemerkt. Kauern – das hat er doch sehr treffend gesagt, nicht wahr?«

»Ja, paß bloß auf, er wird noch unter die Schriftsteller gehen«, antwortete Gorbowski. »Aber wäre es nicht trotzdem gut, ihn in den Kindergarten zu schicken?«

Matwej winkte resigniert ab. »Davon kann überhaupt keine Rede sein«, sagte er. »Shenja gibt ihn nicht weg. Weißt du, zuerst habe ich sie zu überreden versucht, aber dann dachte ich: Wozu? Was soll man einem Menschen den Lebensinhalt nehmen? Er ist nun mal ihr ein und alles. Wie gesagt, mir ist das unbegreiflich, aber ich muß es glauben, weil ich's sehe. Möglicherweise liegt es daran, daß ich viel älter bin als sie. Aljoschka ist zur Welt gekommen, als ich einen guten Teil meines Lebens schon hinter mir hatte. Machmal denke ich, daß ich wohl sehr einsam wäre, hätte ich nicht die Gewißheit, ihn jeden Tag sehen zu können. Shenja sagt immer, ich würde ihn nicht wie ein Vater lieben, sondern wie ein Großvater. Vielleicht hat sie sogar recht. Verstehst du, was ich meine?«

»Ja«, sagte Gorbowski gedehnt, »natürlich . . . aber mir sind solche Empfindungen eigentlich fremd. Ich habe mich noch nie einsam gefühlt.«

»Du bist ein anderer Typ«, erwiderte Matwej. »Solange ich dich kenne, bist du immer von einer Schar Leuten umringt, die dich alle unbedingt brauchen. Du hast einen guten Charakter . . .«

»Umgekehrt wird ein Schuh draus«, erklärte Gorbowski. »Ich bin es, der sich an die anderen hängt und ihre Gesellschaft sucht. Ich hab' nun schon fast ein halbes Jahrhundert hinter mich gebracht, und stell dir vor, Matwej, ich bin noch nicht einem einzigen Menschen begegnet, mit dem ich nicht ausgekommen wäre.«

»Du bist ein beneidenswerter Mensch«, antwortete Matwej.

»Ach wo«, erklärte Gorbowski, »komm, wir trinken noch einen Schluck. Wenn du willst, werde ich sogar mal euren Wein kosten. Aber nur, wenn dir das wirklich Erleichterung verschafft.«

»Mir hilft jetzt nur noch eins: daß Lamondois kommt und mit einiger Enttäuschung in der Stimme sagt, die Welle habe sich aufgelöst.«

Einige Zeit saßen sie wieder schweigend da und tranken ihren Saft. Ab und an warfen sie sich über das Glas hinweg verstohlene Blicke zu.

»Dein Telefon hat ja schon ewig nicht mehr geläutet«, unterbrach Gorbowski die Stille. »Direkt eigenartig ist das.«

»Das macht die Welle«, sagte Matwej. »Alle sind beschäftigt, die Streitereien vergessen. Wer kann, sucht das Weite.«

Die Tür zu Matwejs Zimmer öffnete sich, und auf der Schwelle stand Etienne Lamondois. Er sah nachdenklich aus und bewegte sich ungewöhnlich langsam, fast gemessen. Der Direktor und Gorbowski blickten ihm schweigend entgegen. Gorbowski hatte plötzlich einen bitteren Geschmack im Mund. Er hatte zwar noch keinerlei Vorstellung von dem, was im nächsten Augenblick geschehen würde oder vielleicht schon geschehen war, aber er begriff, daß es mit der Ruhe nun vorbei sei. Er schaltete sein Radio aus.

Als er am Tisch angelangt war, blieb Lamondois stehen. »Es sieht so aus, als müßte ich Ihnen jetzt Kummer bereiten«, sagte er schleppend und monoton. »Die ›Charybden‹ haben nicht standgehalten.« Matwej sackte merklich zusammen. »Die Front ist sowohl im Norden als auch im Süden durchbrochen. Die Welle bewegt sich mit einer Beschleunigung von zehn Metern in der Sekunde fort. Die Verbindung zu den Kontrollstationen ist unterbrochen. Ich konnte gerade noch den Befehl zur Sicherstellung der wertvollsten Apparaturen und des Archivmaterials geben.« Er wandte sich an Gorbowski. »Sie sind unsere letzte Hoffnung, Kapitän. Würden Sie mir bitte sagen, wie groß das Transportvolumen der Landefähre ist?«

Gorbowski gab keine Antwort, er sah Matwej an. Die Augen des Direktors waren geschlossen, seine riesigen Handflächen strichen ziellos über die Tischplatte.

»Das Transportvolumen?« wiederholte Gorbowski und erhob sich. Er ging zum Schaltpult, zog das Mikrofon für die allgemeine Nachrichtenübermittlung zu sich heran und sagte: »Achtung, Regenbogen! Pilot Walkenstein und Bordingenieur Dickson sofort an Bord der Landefähre gehen!« Dann drehte er sich zu seinem Freund herum und legte ihm die Hand auf die Schulter. »Ist halb so schlimm, Matwej«, sagte er. »Wir werden schon alle unterbringen. Gib Anweisung, das Kinderstädtchen zu evakuieren. Ich werde mich um die Krippe kümmern.« Erst dann erklärte er, an Lamondois gewandt: »Und was den übrigen Laderaum betrifft – er ist sehr gering, Etienne.«

Die Augen Etienne Lamondois' waren unergründlich und sehr ruhig. Es waren die Augen eines Menschen, der von sich wußte, daß er trotz allem im Recht war.

6

Robert konnte alles genau beobachten. Er hockte auf dem flachen Dach des Kontrollturms und war dabei, die Energieantennen zu demontieren. Achtundvierzig dünne, schwere Stangen, die in einem parabolischen Rahmen verankert waren. Jede Stange mußte sorgfältig herausgelöst und in einem Spezialfutteral verpackt werden. Trotz aller Behutsamkeit arbeitete Robert sehr schnell; hin und wieder warf er einen besorgten Blick nach Norden.

Am Horizont stand eine hohe schwarze Wand. Wo sie in die Tropopause hineinragte, hing ein gleißender Lichtstreifen. Oberhalb dieses Streifens war der Himmel klar; blaßviolette Blitze zuckten dort auf und verloschen ebenso schnell wieder, wie sie gekommen waren. Die Welle rollte voran, langsam zwar, aber doch unaufhaltsam. Kaum eine Hoffnung, daß sie von den paar unförmigen Kolossen – aus Roberts Sicht sahen die »Charybden« allerdings winzig aus – zum Stehen gebracht würde. Eine ungewohnte Stille und Schwüle lastete über der Ebene. Die Sonne stach wie vor einem Gewitter. In dieser Atmosphäre der Lautlosigkeit spürte Robert etwas Unheimliches, fast schon Übernatürliches, denn die Wellen, die den Planeten bisher heimgesucht hatten, waren stets von orkanartigen Stürmen und Donnergrollen begleitet gewesen.

Deutlich vernahm Robert die hektischen Zurufe unten auf dem Platz, wo wahllos und in großer Hast die wertvollsten Apparaturen, Forschungsberichte und Elektrodiagramme in einen schweren Hubschrauber vom Typ »Condor« verladen wurden. Pagawa schimpfte lautstark mit einem Mitarbeiter, weil dieser die Analysatoren zu zeitig demontiert hatte, und Maljajew erörterte in all dem Durcheinander mit Patrick seelenruhig ein zutiefst theoretisches Problem: die Verteilung der elektrischen Ladung in der Energiebarriere oberhalb der Welle.

Inzwischen hatten sich sämtliche Einwohner Greenfields im Kontrollturm und auf dem Platz davor eingefunden. Die Biologen und zwei Touristengruppen, die am Abend zuvor in Greenfield Station gemacht hatten, waren nach dem Süden ausgeflogen worden – die einen, weil die Saatflächen vernichtet waren und sie nicht mehr benötigt wurden, die anderen aus Sicherheitsgründen. Die Biologen und einige Laboranten, denen Pagawa Anweisung gegeben hatte, sofort nach ihrer Ankunft einen neuen Beobachtungsposten zu errichten, hatten heftig gegen den Abtransport protestiert. Die Auseinandersetzungen hatten Nerven gekostet, und so hatte man allgemein aufgeatmet, als das Aeromobil mit den Störenfrieden endlich verschwunden war.

Robert arbeitete nahezu mechanisch, und wie immer, wenn er eine handwerkliche Tätigkeit ausführte, dachte er dabei an die unterschiedlichsten Dinge. Seine Schulter schmerzte. Seltsam, er hatte gar nicht gemerkt, daß er sich daran verletzt hatte. Daß der Bauch weh tat, war schon eher verständlich: der Hechtsprung mit dem Ulmotron war nicht ganz ohne gewesen. Wie dieses Ulmotron jetzt wohl aussehen mochte? Und sein Aeromobil? Und hier, was würde sich in drei Stunden hier abspielen? Schade um die schönen Blumenrabatten . . . Die Kinder hatten im vorigen Sommer einen Wettbewerb »Schönstes Beet« veranstaltet. Damals hatte er auch Tanja kennengelernt. »Tan-ja«, artikulierte er leise. Wie mochte es ihr wohl gehen?

In Gedanken überschlug Robert die Entfernung von der Wellenfront bis zum Kinderstädtchen. Keine Gefahr, konstatierte er erleichtert. Dort ahnte man wahrscheinlich nicht das geringste von der Welle, wußte auch nicht, daß die Biologen aufbegehrt hatten, daß er selbst beinahe hätte dran glauben müssen und daß Kamillo . . .

Robert richtete sich auf, wischte sich mit dem Handrücken übers Gesicht und sah nach Süden. Sein Blick glitt über die endlosen Getreidefelder. Er dachte an die riesigen Rinderherden, die gerade ins Landinnere getrieben wurden, dachte auch daran, wie schwierig und mühevoll es sein würde, Greenfield wiederzuerrichten, wenn die Welle darüber hinweggerollt war. Scheußlich, nach zwei Jahren natürlicher Ernährung wieder zu synthetischen Speisen zurückkehren zu müssen: zu künstlichen Beefsteaks, zu Birnen mit dem Geschmack von Zahnpasta, zu quasibiotischen Hammelkoteletts und sonstigen Wundern der Synthetik, die ihm samt und sonders gestohlen bleiben konnten . . . Alles mögliche ging Robert durch den Sinn, während er arbeitete, er versuchte sich abzulenken, und dennoch gelang es ihm nicht, einen ganz bestimmten Gedanken zu unterdrücken, der ihn unablässig verfolgte.

Er konnte nichts dagegen tun: ständig fühlte er die erstaunten Augen Pagawas auf sich gerichtet, hörte er die Stimme Maljajews, die noch eisiger geworden war als vorher, sah er Patrick vor sich und dessen betont rücksichtsvolles Verhalten. Das schlimmste war, daß er dem nichts entgegenzusetzen hatte. Er sah ein, daß der Vorfall mit Kamillo einem Außenstehenden, gelinde gesagt, eigenartig vorkommen mußte. Ach was, eigenartig – ganz eindeutig schien die Sache. Ein Mann, Diensthabender der wissenschaftlichen Beobachtungsstation im Norden, kommt völlig aufgelöst mit einem fremden Flyer an und berichtet vom Tod des Kameraden. Der aber ist am Leben, wie sich gleich darauf herausstellt. Er stirbt erst später, offenbar, nachdem der andere auf seinem Flyer entsetzt das Weite gesucht hat. – Kamillo war doch aber tot, als ich floh, bestätigte sich Robert ein ums andere Mal. Oder bildete er sich das nur ein? Hatte sich sein Entsetzen vielleicht bis zur Halluzination, bis zum Wahnsinn gesteigert? Noch nie hatte er derartiges gehört. Vorausgesetzt, der Tod Kamillos stimmt überhaupt, dachte er, und gleich darauf: Ach, sollen sie doch von der Angelegenheit halten, was sie wollen. Dann glauben sie mir eben nicht. Hauptsache, Tanja glaubt mir. Wenn nur sie nicht an mir zweifelt. Den anderen ist es sowieso einerlei, ob Kamillo lebt oder nicht. Sie hatten ihn sofort vergessen und sich gestritten, als wäre nichts gewesen. Sie werden sich seiner nur erinnern, wenn sie *mich* sehen. Mit ihren Theorie-Augen werden sie mich anstarren, werden mich analysieren, rekonstruieren, meine Gründe abwägen. Sie werden Hypothesen aufstellen, die von Mal zu Mal mehr Widersprüche enthalten. Nur die Wahrheit werden sie niemals erfahren . . . Ich übrigens auch nicht.

Gerade hatte Robert die letzte Antenne demontiert, in ihrem Etui verpackt und dann alle Futterals in einer flachen Kiste verstaut, als er plötzlich von Norden her einen dumpfen Knall vernahm. Es hörte sich an, als wäre in einem riesigen leeren Saal ein Luftballon geplatzt. Robert drehte sich um und sah, wie sich am schieferschwarzen Hintergrund der Welle eine lange weiße Fackel erhob. Eine »Charybde« brannte. Augenblicklich war unten alles Geschrei verstummt; der im Leerlauf arbeitende Motor des Hubschraubers erstarb; alle lauschten und starrten nach Norden. Robert hatte noch nicht ganz begriffen, was eigentlich passiert war, als die Erde unter ihm erzitterte. Eine Reserve-»Charybde« hatte sich, die jungen Palmen unter sich zerstampfend, mit weit aufgerissenem Energieschlucker in Bewegung gesetzt. Auf dem freien Platz gab sie ein solch donnerndes Getöse von sich, daß einem die Ohren schmerzten. Die »Charybde« rollte nach Norden, um die Einbruchstelle zu stopfen. Sie ließ eine rote Staubwolke hinter sich.

Zuerst glaubte Robert, die »Charybde« hätte lediglich versäumt, die aufgenommene Energie in den Basaltgrund abzuleiten. Er wollte sich schon nach der Kiste mit den Antennen bücken, als am Fuß der schwarzen Wand abermals ein heller Blitz aufflammte. Ein bunter Feuerregen schoß in die Höhe, und gleich darauf stieg eine weiße Rauchfahne, die sich zusehends verdichtete, zum Himmel auf. Wieder war der Knall einer Detonation zu vernehmen. Unten wurde panisches Geschrei laut, die Leute zeigten nach Osten. Robert sah in diese Richtung und erblickte auch hier einige lichterloh brennende Fackeln. Die »Charybden« explodierten eine nach der anderen. Sekunden später geriet die Wellenwand, die sich Tausende von Kilometern hinzog und jetzt an eine Schiefertafel voller Kreidestriche erinnerte, ins Schwanken. Sie kroch vorwärts, wobei sie schwarze, flimmernde Kleckse vor sich her in die Steppe spie. Robert schluckte mühselig – seine Kehle war plötzlich ausgedörrt –, hob den Kasten auf und raste die Treppe hinunter.

Auf den Korridoren hasteten Leute umher. Eine verstörte Sekretärin rannte vorbei, einen Stapel Tonbandkassetten an sich gepreßt. Der hakennasige Hassan Ali-Sade und Karl Hoffmann beförderten in Windeseile einen gewaltigen Behälter mit Chemikalien zum Ausgang. Jemand rief: »Kommt doch mal her! Ich schaff' das nicht allein!

Hassan!« Im Vestibül klirrte splitternd Glas. Auf dem Platz vor dem Turm heulten Motoren auf. Im Dispatcherraum sprang Pagawa vor dem Bildschirm hin und her, trampelte auf verstreut liegenden Skizzen herum und brüllte ungeduldig: »Warum hörst du mich denn nicht? Die ›Charybden‹ brennen! Die ›Charybden‹ brennen, sage ich! Die Welle kommt! Jetzt kann *ich* dich wieder nicht hören ... Etienne! Wenn du mich verstanden hast, nicke mit dem Kopf!«

Mühsam wälzte sich Robert den Antennenkasten auf die Schulter und biß vor Schmerz die Zähne zusammen. Dann ging er ins Vestibül. Hinter ihm raste jemand schwer atmend die Treppe hinunter. Der Fußboden des Vestibüls war mit Packpapier und den Scherben irgendeines Apparates übersät. Die Tür aus bruchfestem Glas war mittendurch gespalten. Robert zwängte sich seitlich hindurch und blieb auf der Vortreppe stehen. Er sah die zum Bersten vollen Aeromobile eins nach dem anderen aufsteigen. Er beobachtete, wie Maljajew, schweigend und mit steinerner Miene, mehrere junge Laborantinnen in das letzte Aeromobil fast hineinstieß, wie sich Hassan und Karl, vor Übermüdung immer wieder gähnend, damit abplagten, den Behälter durch die Einstiegsluke des Hubschraubers zu bugsieren, und wie ihnen jemand von innen dabei half. Er entdeckte Patrick, der mit dem Rücken zum Hubschrauber stand, konzentriert und nachdenklich, ja fast verträumt. Dann jedoch wandte Robert den Kopf und gewahrte genau über sich die tiefschwarze Wand der Welle, die wie ein Samtvorhang den Himmel verhüllte.

»Aufhören mit dem Verladen!« brüllte Pagawa plötzlich direkt über seinem Ohr. »Nehmt doch Vernunft an! Laßt sofort von dem elenden Ding ab!«

Der Behälter mit den Chemikalien polterte mit dumpfem Klang auf den Betonboden.

»Alles wieder ausladen! Schnell!« brüllte Pagawa und rannte hinunter. »Alle Mann in den Hubschrauber! Beeilung! Habt ihr denn keine Augen im Kopf? Skljarow! Patrick! Schlaft ihr?«

Robert rührte sich nicht vom Fleck. Auch Patrick blieb wie angewurzelt stehen. Im gleichen Moment schlug Maljajew, mit seinem ganzen Gewicht nachhelfend, von außen die Tür des Aeromobils zu, in dem die Laborantinnen waren, und gab mit den Armen das Zeichen zur Abfahrt. Die Maschine fuhr ihre Flügel aus, setzte ächzend zum Start an und erhob sich mit ziemlicher Schlagseite über die Dächer der Siedlung. Aus dem Hubschrauber kamen währenddessen alle möglichen Gegenstände geflogen. Jemand zeterte mit weinerlicher Stimme: »Das gebe ich nicht her, Schota Petrowitsch! Das nicht!« – »Das wollen wir doch mal sehen, mein Lieber!« tobte Pagawa. »Und ob du das hergeben wirst!« Maljajew schrie irgend etwas und zeigte zum Himmel. Robert folgte seiner Bewegung mit den Augen. In diesem Moment raste ein kleiner, mit Antennen gespickter Hubschrauber lärmend über den Platz hinweg und jagte, zusehends kleiner werdend, nach Süden. Es war der Hubschrauber für die Fernsteuerung der »Charybden«. Pagawa schüttelte wütend die geballten Fäuste über dem Kopf: »Wohin?« brüllte er los. »Zurück! Zurück, Hundesohn! Aufhören mit der Panik! Haltet ihn an!«

Während dieser ganzen Zeit stand Robert auf der Treppe zum Kontrollturm, die schwere Kiste noch immer auf der mittlerweile lahm gewordenen Schulter. Er hatte den Eindruck, im Kino zu sitzen. An der einen Stelle wurde der Hubschrauber entladen. Besser gesagt, die Sachen wurden einfach herausgeworfen. Der Hubschrauber war tatsächlich mit Gegenständen überfüllt – man sah es am durchgedrückten Chassis. An einer anderen Stelle, neben einem Flugzeug, gab es ein riesiges Gedränge. Anfangs war dort ein einziges Stimmengewirr gewesen, jetzt aber schwiegen die Leute. Hassan lutschte an seinen verletzten Fingerknöcheln. Patrick war, wie es schien, vollends eingeschlafen. Da hatte er sich ja die richtige Zeit ausgesucht und vor allem den richtigen Ort . . . Karl Hoffmann, ein pedantischer Mensch (er verkörperte das, was man einen »fähigen und besonnenen Wissenschaftler« nennt), war damit beschäftigt, die aus dem Hubschrauber fliegenden Gegenstände aufzufangen und sorgfältig aufzustapeln. Kein Mensch kann über seinen Schatten springen. Pagawa rannte ungeduldig vor dem Flugzeug hin und her und schaute abwechselnd auf die Welle und zum Kontrollturm. Er hatte offenbar nicht die geringste Lust, alles im Stich zu lassen, und bedauerte es, hier verantwortlich zu sein. Maljajew stand abseits und betrachtete gleichfalls die Welle – unablässig und mit kalter Wut. Und dort, im Schatten von Patricks Bungalow, entdeckte Robert seinen Flyer. Wer ihn wohl dorthin gebracht hatte, und warum? Der Flyer wurde von niemandem beachtet, er war im Augenblick nutzlos. Die zehn Mann, die noch übrig waren, fanden im Hubschrauber Platz.

»Wir schaffen es nicht«, sagte Maljajew. Seine Stimme klang so kummervoll, daß Robert ihn erstaunt ansah. Im gleichen Moment kam ihm die rettende Idee: doch, sie würden es alle schaffen. Er stellte die Kiste auf der Treppe ab und ging auf Maljajew zu.

»Wir haben noch eine Reserve-›Charybde‹«, sagte er. »Genügt euch eine Viertelstunde?«

Maljajew sah ihn verständnislos an. »Wir haben sogar zwei ›Charybden‹ in Reserve«, erwiderte er abweisend. Plötzlich begriff er.

»Schon gut«, sagte Robert. »Geht in Ordnung. Vergeßt Patrick nicht, er steht hinterm Hubschrauber . . .«

Noch im Sprechen rannte er los. Man rief ihm etwas hinterher, aber er sah sich gar nicht erst um. Er rannte aus Leibeskräften, sprang über umherliegende Geräte, über Blumebeete und sorgsam gestutzte Sträucher. Er jagte zum westlichen Randgebiet der Siedlung – rechts stand über den Dächern die schwarze Wand, links brannte eine blendendweiße Sonne. Robert bog um das letzte Haus und stieß auf das gewaltige Heck der »Charybde«. Zwischen den Gliedern der riesigen Panzerketten steckten Grasbüschel und zerfledderte Blütenblätter. Der beschädigte Stamm einer jungen Palme ragte traurig in die Höhe. Ohne auch nur eine Sekunde zu zögern, kletterte Robert die schmale Stiege hinauf, wobei er sich die Hände am glühendheißen Geländer verbrannte. Auf dem Hosenboden rutschte er in die Steuerkabine hinunter, warf sich in den Sessel und schleuderte die Stahlplatte vorm Ausguck zur Seite. Seine Hände arbeiteten automatisch. Die rechte schaltete den Strom ein, während die linke den Sperriegel löste und auf Handsteuerung stellte. Dann tastete er nach dem Starterknopf, und während alles ringsum zu beben und zu dröhnen begann, schaltete er, eigentlich überflüssigerweise, die Klimaanlage ein. Gleich darauf – diesmal schon bewußt – griff Robert nach dem Hebel für den Energieschlucker und brachte ihn bis zum äußersten Anschlag. Erst dann wagte er einen Blick durch den Ausguck.

Direkt vor ihm stand die Welle. Wahrscheinlich war ihr nach Lü noch niemand so nahe gewesen. Sie war durch und durch schwarz, ohne die geringste Aufhellung, und die sonnenüberflutete Steppe spiegelte sich bis zum Horizont in ihr wider. Jeder winzige Grashalm, der kleinste Busch war deutlich zu erkennen. Robert konnte sogar die Spitzmäuse ausmachen, die sich, halb erstarrt, vor ihren Höhlen aufreckten.

Genau über sich vernahm Robert einen brüchigen, metallischen Ton, der schnell lauter wurde – der Energieschlucker hatte zu arbeiten begonnen. Die »Charybde« schaukelte im Fahren gleichmäßig hin und her. Im Rückspiegel sah Robert durch allen Staub hindurch die Siedlungshäuser tanzen. Den Hubschrauber konnte er nicht entdecken. Noch hundert Meter, ach was, fünfzig, das würde reichen. Er äugte nach links, und ihm schien, als habe sich die dicke Wellenwand schon ein bißchen durchgebogen. Das richtig einzuschätzen war allerdings sehr schwierig. Vielleicht schaffe ich es gar nicht, dachte Robert plötzlich. Er wandte kein Auge von den weißen Rauchsäulen am Horizont. Der Rauch löste sich rasch auf und war dann kaum noch zu sehen. Welche Teile der »Charybde« werden wohl zuerst in Brand geraten, überlegte er . . .

Genug! Robert trat auf die Bremse. Am liebsten wäre er davongelaufen. Wieder warf er einen Blick in den Rückspiegel. Mein Gott, wie lange brauchten die dort bloß! Das Stück Steppe vor der »Charybde« verdunkelte sich langsam zu einem riesigen Dreieck, in dessen oberen Winkel der Energieschlucker hineinragte. Die Spitzmäuse, plötzlich unruhig geworden, begannen umherzuspringen; gleich darauf fiel eine von ihnen auf den Rücken und zappelte krampfartig mit den Pfötchen.

»Lauft doch weg, ihr närrischen Dinger!« sagte Robert laut. »*Ihr* könnt doch . . .«

In diesem Moment sah er die zweite »Charybde«. Sie stand etwa fünfhundert Meter von seiner entfernt, nach Osten gewandt, mit weit aufgerissenem Schlund. Das Gras vor ihr wurde ebenfalls allmählich dunkler und krümmte sich vor Kälte zusammen.

Robert freute sich unsagbar. Ein toller Bursche, dachte er begeistert. Ein Schlaukopf! Dazu gehörte Mut. Sollte das etwa Maljajew sein? Warum eigentlich nicht? Er war schließlich auch ein Mensch und einer menschlichen Regung fähig . . . Oder gar Pagawa? Nein, den hätten sie nicht weggelassen. Ihn hatten sie sicher fast fesseln und im Hubschrauber unter den Sitz stuken müssen, damit er sich nicht losriß . . . Nein, das war wirklich ein toller Bursche da drüben! Robert stieß eine Luke auf, beugte sich heraus und schrie: »Heee! Halt durch, Kumpel! Zu zweit überstehen wir hier ein ganzes Jahr!«

Doch ein Blick auf das Armaturenbrett ließ ihn seine Begeisterung sofort vergessen. Das Fassungsvermögen der »Charybde« war erschöpft: der Leuchtzeiger unter dem staubbedeckten Glas schlug wild aus. Er sah in den Rückspiegel und fühlte sich etwas erleichtert. Am weißen Himmel, über den Dächern der Siedlung, hing ein kleiner schwarzer Punkt, der sich rasch entfernte. Noch zehn Minuten muß ich durchstehen, überlegte Robert. Jetzt war deutlich zu sehen, daß sich die Wellenfront vor der Siedlung etwas aufgelokkert hatte. Die Welle umfloß den Aktionsradius der »Charybden« von Osten und Westen.

Einige Augenblicke saß Robert da und biß die Zähne zusammen. Er mußte seine ganze Kraft aufbieten, um das Bild vom verbrannten Leichnam auf dem Fahrersitz zu verscheuchen. Schade, daß man nicht lernen konnte, die Einbildungskraft nach Belieben auszuschalten ... Er schrak auf und machte sich daran, alle Luken zu öffnen, derer er sich nur entsinnen konnte: die schwere runde Luke über dem Kopf, die Luke links – weit auf mit ihr! Die rechte war bereits aufgesperrt ... Die Tür in seinem Rücken, die in den Maschinenraum führte ... das heißt, nein, die ließ er lieber zu – die Explosion erfolgte wahrscheinlich in ebendiesen Räumen. Die mußte er verriegeln ... fest verrammeln! – In dieser Sekunde flog die andere »Charybde« in die Luft.

Robert hörte ein kurzes, ohrenbetäubendes Donnern, eine heiße Woge stieß ihm entgegen. Als er sich aus seiner Luke hinauslehnte, sah er, daß sich auf dem Platz, wo eben noch sein Nachbar gestanden hatte, eine riesige gelbe Staubwolke erhob und Steppe, Himmel und Welle zudeckte. Inmitten dieser Staubsäule glühte es grell und flimmernd, irgend etwas sauste durch die Luft und stieß klirrend gegen die Panzerung. Robert sah nochmals auf seine Instrumente und rollte sich entsetzt mit einer einzigen Bewegung zur linken Luke hinaus.

Mit dem Gesicht fiel er ins heiße, trockene Gras, sprang sofort wieder auf und rannte gebückt zur Siedlung zurück. So war er noch nie in seinem Leben gelaufen. Seine »Charybde« explodierte, als er gerade den Vorgarten des ersten Hauses erreicht hatte. Robert blickte sich nicht einmal um, als es krachte, er zog nur den Kopf ein, bückte sich noch tiefer und rannte, was seine Beine hergaben. »Mamma mia ...«, murmelte er, und noch mal: »Mamma mia ...« Robert wurde sich plötzlich bewußt, daß er diese Worte von dem Augenblick an vor sich hin sagte, als er an der Stelle, wo die zweite »Charybde« gestanden hatte, eine grauenvolle Staubwolke hatte aufsteigen sehen.

Der Platz vor dem Kontrollturm war leer, der Rasen zertreten. Überall lagen Apparaturen und Tonbandkassetten von einmaligem Wert herum. Eine leichte Brise blätterte in den Tagebüchern, die, wie Robert ironisch für sich vermerkte, mit einmaligen Beobachtungen angefüllt waren. Keuchend überquerte er den Platz und stürzte auf den Flyer zu. Der Motor des Fahrzeugs war schon angelassen, und in der Kabine saß, mit dem üblichen verträumten Gesichtsausdruck, Patrick.

»Na, da bist du ja«, sagte Patrick erleichtert. Robert sah ihn verblüfft an. »Ich befürchtete schon, du würdest es nicht mehr schaffen. Los, komm rein, wir müssen schnell machen. Die Welle hat jetzt eine Geschwindigkeit erreicht . . . großer Gott!«

Robert wälzte sich auf den Beifahrersitz.

»Warte«, japste er, »vielleicht konnte sich . . . der zweite . . . auch noch retten. Wer war es überhaupt? Maljajew? Hoffmann?«

Patrick fuhr ruckartig an, um den Flyer auf die Startbahn zu bringen.

»Der zweite war ich«, sagte er etwas verlegen.

»Duu?«

»Ja, ich«, antwortete Patrick und lachte nervös. Er hatte schon die nötige Geschwindigkeit erreicht und hob sich endlich vom Boden ab. »Ich spürte, daß ich gleich in die Luft fliegen würde, sprang raus und rannte weg. Es war ein tüchtiger Knall, was? Mich hat's bis in die Siedlung gewedelt.«

Die Häuser unter ihnen wurden kleiner und blieben allmählich zurück. Sieh an, der Patrick, dachte Robert verwundert.

»Die Explosion war bei mir stärker als bei dir«, erklärte Patrick mit kindlichem Stolz. »Stimmt's, Robby?«

»Wohin fliegst du eigentlich?« fragte Robert abwesend.

»In die ›Kalten Bäche‹«, erwiderte Patrick. »Das wird jetzt unser neuer Stützpunkt.«

7

Robert blickte zurück. Um ihn her nur noch weißblauer Himmel und endlose grüne Felder. Zweimal bin ich der Welle heute schon entkommen, ging es ihm durch den Sinn, ein drittes Mal wird mir das wohl kaum gelingen.

»Und wie soll es nun weitergehen?« fragte er.

Patrick stülpte die dicken Lippen vor. »Es sieht nicht sehr rosig aus«, antwortete er. »Die Welle hat ungeheure Energiereserven.«

»Hast du versucht, Genaueres zu errechnen?«

»Ja.«

»Na und?«

Patrick seufzte nur tief auf, ohne eine weitere Erklärung abzugeben. Robert saß mit gerunzelten Brauen da, dann schaltete er die Funkstation des Flyers ein, rief das Kinderstädtchen und ging auf Empfang. Er drückte mehrfach auf die Taste, aber es meldete sich niemand. Gewiß kein Grund zur Besorgnis, sagte er sich. Dort ist ja heute Sommerfest und viel Trubel. Seltsam, daß sie noch nichts wissen. Ist auch gut so. Es genügt, wenn ich im Bilde bin. Er wandte sich wieder an Patrick: »Wohin fliegen wir?«

»Das hast du mich schon mal gefragt.«

»So? Ach ja, stimmt . . . Patrick, alter Junge, sag mal, mußt du wirklich in diese ›Kalten Bäche‹ fliegen?«

»Natürlich. Wo sollten wir sonst hin?«

Robert lehnte sich in seinem Sitz zurück. »Könntest du ein bißchen schneller fliegen?« fragte er.

»Warum nicht?« Der andere beschleunigte den Flyer.

»Vielleicht noch etwas schneller?«

Patrick gab keine Antwort. Der Motor heulte auf.

»Immer müssen wir uns beeilen«, seufzte Patrick. »Dauernd werden wir durch irgendwas oder irgendwen gehetzt. Schneller, immer noch schneller . . . ›Geht's nicht rascher?‹ heißt es. – ›Ja‹, antworten wir. ›Bitte sehr!‹ – Wir haben keine Zeit, uns mal umzuschauen. Keine Zeit zum Überlegen. Keine Zeit, darüber nachzudenken, was das Ganze soll und ob es überhaupt lohnt. Jetzt kommt zu allem Übel noch die Welle – und wieder hetzen wir uns ab.«

»Gib mehr Gas«, sagte Robert. Er war mit seinen Gedanken ganz woanders. »Und halte dich weiter rechts.«

Patrick verstummte. Unter ihnen zogen sich die noch grünen Getreidefelder hin; vereinzelt tauchten die weißgetünchten Häuschen der meteorologischen Stationen auf. Man konnte die Viehherden sehen, die in großer Eile querfeldein nach Süden getrieben wurden. Die Hirten, ausschließlich Kyber, erschienen aus dieser Höhe wie winzige blinkende Sterne. Im Grunde war alles schon umsonst.

»Hast du etwas von der ›Strela‹ gehört?« fragte Robert.

»Nein. Die ›Strela‹ ist weit. Sie würde uns auf keinen Fall mehr erreichen. Darauf solltest du lieber nicht bauen, Robby.«

»Und worauf sollte ich deiner Meinung nach bauen?« murmelte Robert.

»Am besten auf gar nichts. Setz dich bequemer hin und schau dich ein bißchen um. Ich weiß nicht, wie es dir in dieser Beziehung geht, aber ich habe früher von alldem nichts bewußt wahrgenommen. Ich glaube, nicht einmal diese grüne Welle auf den Getreidefeldern, wenn der Wind über sie hinstreicht, habe ich bisher bemerkt . . . Ach, pfui Teufel, schon wieder Welle! Weißt du, wann ich das alles zum ersten Mal entdeckt habe? Soll ich's dir sagen? Als ich durch den Ausguck der ›Charybde‹ in die Steppe hinaussah. Ich starrte immerzu auf diese schwarze Wand und betrachtete dann plötzlich die Steppe. Da begriff ich, daß alles zu Ende ist. Alles um mich her tat mir auf einmal furchtbar leid. Die dummen Spitzmäuse sahen sich die Welle ebenfalls an und begriffen überhaupt nichts . . . Und weißt du, was mir da aufgegangen ist, Robby? Daß wir irgendwann einen Fehler gemacht haben.«

Robert schwieg. Das ist ihm ziemlich spät aufgegangen, dachte er. Er hätte sich schon früher mal bewußt etwas anschauen sollen, und wenn's aus dem Fenster gewesen wäre.

Unter ihnen glitten jetzt weiße Häuserrechtecke vorbei, zementierte Plätze und, schon von weitem erkennbar, die gestreiften Türme der Energieantennen. Der Flyer befand sich über einer der zahllosen Energiestationen der Nordregion.

»Geh tiefer«, verlangte Robert.

»Wo willst du hin?«

»Siehst du den Platz da unten, wo die Aeromobile stehen?«

Patrick sah durchs Seitenfenster. »Ja«, sagte er. »Und was sollen wir dort?«

»Du nimmst dir ein Aeromobil und gibst mir den Flyer.«

»Was hast du vor?« fragte Patrick.

»Du wirst allein weiterfliegen. Ich habe in den ›Bächen‹ nichts verloren. Geh runter.«

Gehorsam setzte Patrick zur Landung an. Er war, wie Robert einmal mehr feststellen mußte, ein miserabler Pilot.

Robert ließ seinen Blick über den Platz schweifen. »Das ist ja wieder mal eine herrliche Organisation«, sagte er spöttisch. In Greenfield treten wir uns fast tot, müssen alles im Stich lassen, und hier kommen auf zwei Diensthabende drei Aeromobile.«

Der Flyer plumpste ungeschickt zwischen den Aeromobilen auf. Robert biß sich auf die Zunge.

»Junge, Junge«, knurrte er. »Nun mach schon, steig aus.«

Umständlich und ohne große Lust kletterte Patrick von seinem

Sitz. »Robby«, begann er unsicher, »es geht mich vielleicht nichts an, aber was hast du eigentlich vor?«

»Du brauchst keine Angst zu haben, nichts Schlimmes ... Kommst du mit dem Aeromobil zurecht?«

Patrick stand mit hängenden Armen und kläglicher Miene vor ihm.

»Robby«, sagte er. »Du mußt die Dinge nüchtern betrachten. Der Welle folgt eine Plasmabarriere von hundert Kilometer Stärke. Da kannst du unmöglich durch.«

Robert sah ihn fragend an.

»Er ist schon lange tot«, fuhr Patrick fort. »Das erste Mal hast du dich wahrscheinlich geirrt, aber jetzt ist die Welle über die Gegend dort hinweggerollt.«

»Wovon sprichst du denn?« fragte Robert. »Ich habe ja gar nicht vor, die Welle zu durchqueren, zum Teufel mit ihr. Ich habe Wichtigeres zu tun. Leb wohl, Patrick. Sag Maljajew, daß ich nicht zurückkomme. Mach's gut, alter Junge.«

»Leb wohl«, erwiderte Patrick.

»Du hast mir noch immer nicht gesagt, ob du mit dem Aeromobil zu Rande kommst«, sagte Robert.

»Ja, natürlich«, antwortete Patrick betrübt. »Ich kenne mich mit ihm aus. Ach, Robby ...«

Robert griff abrupt nach dem Steuerknüppel, und als er sich nach fünf Minuten umschaute, verlor sich die Energiestation bereits am Horizont. Bis zum Kinderstädtchen waren es zwei Flugstunden. Robert überprüfte den Treibstoffvorrat, horchte kurz auf das Motorengeräusch, stellte die Maschine auf sparsamsten Verbrauch und schaltete den Autopiloten ein. Wieder rief er das Kinderstädtchen, bekam aber auch jetzt keine Verbindung.

Er wollte schon die Funkanlage ausschalten, überlegte es sich jedoch anders und ließ den Apparat auf Empfang.

»... Asmodej Barro, Schüler der neunten Klasse, stieß bei einer Exkursion auf versteinerte Organismen, die an Seeigel erinnern. Der Fundort liegt in einiger Entfernung vom Ufer ...«

»... eine Beratung beim Direktor. Es heißt, die Welle hat Greenfield erreicht. Ich überlege, ob ich nicht lieber zum Stützpunkt zurückkehren soll. Meiner Ansicht nach sind die Ulmotrone jetzt Nebensache.« – »Nein, nein, du mußt schon noch ein Weilchen aushalten. Der Tag ist sowieso hin ...«

»... können wir mit eigenen Mitteln nicht inszenieren. Wir

haben keinen geeigneten Othello. Wenn ich ehrlich sein soll, so erscheint mir die Idee, Shakespeare aufzuführen, einfach absurd. Ich weiß nicht, ob wir zu einer Neuinterpretation fähig sind. Andererseits müßten wir warten, bis . . .«

». . . Witja, kannst du mich hören? Du, ich hab' eine tolle Nachricht! Bullitt hat das bewußte Gen dechiffriert! Nimm ein Blatt Papier und schreib: sechs, elf . . . ›Elf!‹ habe ich gesagt . . .«

». . . Achtung, Regenbogen! An alle Leiter der Suchtrupps! Unverzüglich mit der Evakuierung beginnen! Es muß besonders darauf geachtet werden, daß alle Transportmaschinen mit einer Tragfähigkeit vom Typ ›Meduse‹ und größer in die Hauptsiedlung geschickt werden. Ich wiederhole . . .«

». . . ein kleiner Bungalow direkt am Ufer. Hier ist es wunderbar – viel Sonne und frische Luft. Ich habe noch nie an der Hauptsiedlung gehangen und verstehe gar nicht, wieso man sie direkt am Äquator errichtet hat. Was? – Na ja, natürlich, furchtbar schwül . . .«

». . . Sawyer! Sawyer! Hier spricht Kaneko. Sofort den Kurs ändern. Wir haben die Touristen gefunden. Nimm Kurs auf Süden. Gesucht wird der dritte Hubschrauber . . . der dritte! Er ist nicht angekommen . . .«

». . . Achtung, Testflieger! Heute um vierzehn Uhr erfolgt ein außerplanmäßiger Null-Transport Mensch-Erde. Bitte bis spätestens dreizehn Uhr ins Institut kommen . . .«

». . . Das ist mir völlig unverständlich. Ich kriege einfach keine Verbindung mit dem Direktor. Alle Leitungen sind besetzt. Hast du eine Ahnung, was los ist?«

». . . Adolfo! Adolfo! So melde dich doch! Ich flehe dich an, komm sofort zurück! Noch haben wir die Chance, in das Raumschiff zu gelangen! – Ja, es muß eine furchtbare Katastrophe im Anzug sein! Aus irgendeinem Grund ist bisher noch keine amtliche Meldung erfolgt, aber man sagt, der Regenbogenplanet wäre zum Untergang verurteilt! Komm sofort zurück, bitte! Ich möchte, daß wir jetzt zusammen sind . . .«

Robert fuhr fort, den Äther abzusuchen.

». . . wie immer. Bei Wesjolowski. Nein, Siniza wird neue Gedichte lesen. Ich glaube, das wird sehr interessant. Sicher werden sie dir gefallen . . . Nein, natürlich keine Meisterwerke, aber immerhin . . .«

». . . Warum denn? – Das verstehe ich schon, aber überleg doch mal selbst: Die ›Tariel‹ ist eine Landefähre. Hast du mal überschlagen, wieviel Mann sie an Bord nehmen kann? Nein, ich bleibe hier. Vera auch. Ist doch egal, ob hier oder . . .«

». . . Achtung, Pioniere! Treffpunkt für alle ist die Hauptsiedlung. Ich wiederhole: Alle Pioniere sofort in die Hauptsiedlung kommen und sämtliche zur Verfügung stehenden ›Maulwürfe‹ mitbringen! Wir werden versuchen, Unterstände zu graben. Vielleicht schaffen wir es . . .«

». . . Meinen Sie die ›Tariel‹? Ja, ich hab' schon mit Gorbowski gesprochen. Die Tragfähigkeit seines Raumschiffs ist leider sehr gering. Na ja, da kann man nichts machen . . . Ich schlage also folgende Liste vor: von den Diskretphysikern – Pagawa; von den Wellenleuten – Aristoteles oder Maljajew; von den Barriereleuten würde ich Forster empfehlen . . . Na und? Was macht es schon aus, daß er alt ist? Dafür ist er berühmt! Sie sind erst vierzig, mein Lieber, und haben, wie ich sehe, von der Psychologie eines Greises keine Ahnung. Fünf bis zehn Jahre lebt er vielleicht noch, und die wird er nutzen . . .«

». . . Gaba! Gaba! Hast du von dem Null-Transport gehört? – Ja, das weiß ich ja alles. Vielleicht gelingt es trotzdem! Jawohl, gerade jetzt! Na, mach's gut. Du kannst dann meine Überreste zusammensuchen, irgendwo in der Nähe des Prozion . . .«

». . . Die Physiker haben auf dem Nordpol wieder mal herumexperimentiert. Wir hätten uns das eigentlich ansehen müssen, aber da kam plötzlich ein Hubschrauber und hat uns aufgeladen. – Ja, in die Hauptsiedlung . . . Was, euch auch? Das ist aber eigenartig. Na, da werden wir uns ja bald sehen . . .«

Robert schaltete das Funkgerät ab. Er dachte über die aufgeschnappten Gesprächsfetzen nach und stellte den Flyer wieder auf Handsteuerung um. Dann brachte er ihn auf Höchstgeschwindigkeit. Die Getreidefelder unter ihm waren zu Ende; sie wurden von tropischen Wäldern abgelöst. In dem grellfarbenen Gewirr, das sie darstellten, war rein gar nichts zu erkennen, doch Robert ahnte, daß tief unten, im Schutz der gewaltigen Bäume, schnurgerade Chausseen entlangführten, auf denen jetzt wahrscheinlich Menschen in großer Hast westwärts flüchteten. Mehrere schwere Transporthubschrauber drehten in ziemlicher Höhe nach Südwesten ab. Bald darauf waren sie am Horizont verschwunden, und Robert war wieder allein. Er nahm das Radiophon zur Hand und wählte Patricks Nummer. Es dauerte lange, bis der andere sich meldete. Endlich vernahm Robert eine träge Stimme: »Hallo?«

»Ja, Patrick, ich bin's, Skljarow. Ich wollte nur mal fragen, was es Neues von der Welle gibt.«

»Immer dasselbe, Robby. Das Puschkinufer ist überschwemmt. Aodsora ist völlig niedergebrannt. Seit kurzem steht auch Rybatschje in Flammen. Einige ›Charybden‹ sind unversehrt geblieben, sie werden gerade in die Hauptsiedlung abgeschleppt . . . Und wo bist du jetzt?«

»Das ist unwichtig«, antwortete Robert. »Wie weit ist denn die Welle vom Kinderstädtchen entfernt?«

»Vom Kinderstädtchen? Was hast du denn mit dem Kinderstädtchen zu schaffen? Bis dahin ist es noch weit. Hör mal, Robby, wenn du kannst, flieg sofort in die Hauptstadt. Innerhalb der nächsten halben Stunde soll sich alles dort versammeln.« Er lachte plötzlich und sagte: »Sie haben versucht, Maljajew ins Raumschiff zu bugsieren. Das hättest du sehen sollen. Er hat Hassan die Nase blutig geboxt. Pagawa hat sich auch gleich verkrochen.«

»Dich haben sie wohl nicht im Raumschiff unterzubringen versucht?«

»Warum denn immer gleich so, Robby?«

»Ist schon gut, entschuldige. Vom Kinderstädtchen ist die Welle also noch weit weg?«

»Na, so sehr weit nun auch wieder nicht . . . Ich würde sagen, anderthalb Stunden.«

»Danke, Patrick. Auf Wiedersehen.«

Abermals versuchte Robert, mit Tanja Verbindung zu bekommen, diesmal über Radiophon. Er wartete fünf Minuten. Tanja antwortete nicht.

Das Kinderstädtchen lag verlassen da. Über den Schlafräumen mit den großen Glasfronten, den Gärten und bunten Bungalows lastete tiefe Stille. Nichts von dem chaotischen Durcheinander, das die Null-Physiker in Greenfield hinterlassen hatten. Die Kieswege waren sorgsam geharkt, die Schulbänke standen wie immer in gleichmäßigen Reihen, die Betten in den Schlafräumen waren glattgestrichen. Lediglich auf dem Pfad vor Tanjas Häuschen lag eine Puppe verloren im Sand.

Robert betrat das Zimmer. Wie immer ordentlich aufgeräumt, verströmte es einen leichten Duft. Auf dem Tisch lag aufgeschlagen ein Heft; über der Stuhllehne hing ein großes buntes Handtuch. Robert berührte es – es war noch feucht.

Unschlüssig blieb er stehen. Sein Blick fiel auf das Heft. Er mußte den Namen, der dort in großen Druckbuchstaben von Tanjas Hand geschrieben stand, zweimal lesen, ehe er begriff, daß es sein eigener war. Hastig las er: »ROBBY! Wir sind in größter Eile in die Hauptstadt evakuiert worden. Suche mich dort. Du mußt mich unbedingt finden. Wir wissen noch nichts Genaues, ahnen aber, daß etwas Schreckliches im Gange ist. Ich brauche dich sehr, Robby. Du mußt mich finden! Deine T.«

Robert riß das Blatt heraus, faltete es zusammen und steckte es in die Tasche. Ein letztes Mal ließ er seinen Blick durch Tanjas Zimmer schweifen, öffnete den Wandschrank, berührte noch einmal ihre Kleider und verließ den Raum.

Von Tanjas Bungalow aus war das Meer zu sehen. Es lag ruhig da, wie dickes, grünes Öl. Dutzende schmaler Pfade führten durch das Gras zum gelben Strand, wo dicht bei dicht Pritschen und Liegen aufgestellt waren. Mehrere Boote lagen, kieloben, direkt am Wasser. Am südlichen Horizont stand unbarmherzig brennend die Sonne. Robert ging schnell zum Flyer. Er stieg ein, doch bevor er losfuhr, sah er noch einmal hinaus aufs Meer. Und plötzlich gab es ihm einen Stich. Was da so gleißend am Himmel stand, war nicht die Sonne – es war der Kamm der Welle.

Erschöpft ließ er sich in den Sitz fallen und startete. Also auch im Süden, dachte er mutlos. Die verdammte Welle jagt uns von Norden und Süden zugleich. Eine Mausefalle, aus der es kein Entrinnen gibt. Ein Korridor, der den Tod in sich birgt.

Wieder flog der Flyer über tropischen Wäldern dahin. Wieviel Zeit bleibt uns noch? fragte er sich. Zwei Stunden, drei? Zwei Plätze im Raumschiff oder zehn?

Mittlerweile hatte sich der Wald gelichtet, und Robert gewahrte auf einer Wiese direkt unter sich einen großen Aerobus, der von einer Menschenmenge umringt war. Er bremste automatisch und ging tiefer. Der Bus hatte offensichtlich eine Panne, und die Leute um ihn her – seltsam, wie klein sie alle waren – warteten, daß der Pilot den Schaden behob. Da entdeckte er den Fahrer, einen dunkelhäutigen Hünen, der am Motor hantierte, und merkte auch, daß es Kinder waren, die um den Bus herumtollten. Gleich darauf entdeckte er Tanja. Sie stand neben dem Piloten und nahm irgendwelche Teile entgegen.

Der Flyer setzte dicht neben dem Aerobus auf, und alles kam sofort auf ihn zugelaufen. Robert sah nur Tanja, ihr hübsches, doch jetzt zerquältes Gesicht, die schmalen Hände, die die schmutzigen Eisenteile an die Brust preßten, und ihre großen fragenden Augen.

»Ich bin's«, sagte Robert. »Was ist passiert, Tanja?«

Tanja sah ihn schweigend an, da schaute er zu dem schwarzhäutigen Mann hinüber und erkannte Gaba. Der Afrikaner lächelte breit und rief: »Hallo, Robert! Komm gleich mal her und hilf mir! Tanja ist ein wunderbares Mädchen, aber sie hat noch nie etwas mit einem Aerobus zu tun gehabt. Ich übrigens auch nicht. Der Motor bleibt dauernd weg.«

Die Kinder – siebenjährige Knirpse – musterten Robert voller Neugier. Er ging zum Aerobus hinüber, wobei er mit der Wange flüchtig Tanjas Haar streifte, und beugte sich über den Motor. Gaba klopfte ihm mit seiner Pranke auf die Schulter. Die beiden kannten sich schon lange und verstanden sich ausgezeichnet. Übrigens hatte Robert auch zu den anderen Testfliegern, die nach dem mißglückten Experiment mit dem Hund Fimka nun schon zwei Jahre lang voller Ungeduld auf ihren Einsatz warteten, ein freundschaftliches Verhältnis.

Was Robert unter der Motorhaube erblickte, verschlug ihm den Atem. Er begriff, daß Gaba tatsächlich noch nie etwas mit einem Aerobus zu tun gehabt haben mußte. Hier konnte nämlich nichts mehr helfen, weil ganz einfach der Treibstoff ausgegangen war. Umsonst hatte Gaba den Motor fast völlig auseinandergenommen. So etwas passierte manchmal selbst erfahrenen Piloten, da die Aerobusse nur selten getankt zu werden brauchten. Robert schaute verstohlen zu Tanja hinüber. Sie hielt noch immer die ölverschmierten Zündkerzen an die Brust gepreßt und wartete.

»Na, was ist?« fragte Gaba forsch. »Haben wir uns mit dem Hebel hier – welche Funktion hat er überhaupt? – zu Recht abgegeben?«

»Möglich«, murmelte Robert, »durchaus möglich.« Er griff nach dem bezeichneten Hebel und machte sich an ihm zu schaffen. »Weiß jemand, daß ihr hier festsitzt?«

»Ich habe es durchgegeben«, antwortete Gaba. »Aber sie haben dort nicht genug Luftfahrzeuge. Apropos Luftfahrzeuge. Kennst du eigentlich die Geschichte mit Kaneko und seinen Embryonen?«

»Hm«, sagte Robert unbestimmt, wobei er, gänzlich überflüssig zwar, aber äußerst sorgfältig die Schmiernippel reinigte. Er beugte sich tief hinunter, damit sein Gesicht nicht zu sehen war.

Eines Tages«, fuhr Gaba fort, »mußten sie einen ganz eiligen Transport erledigen, hatten aber keine Flugzeuge. Da machte sich

Kaneko daran, die ›Medusen‹ nachzubauen. Am Ende sind aber keine ›Medusen‹ herausgekommen, sondern ein kybernetischer Mischmasch. Eine Fehlprogrammierung.« Gaba lachte. »Was sagst du dazu?«

»Sehr lustig«, knirschte Robert durch die Zähne. Er richtete sich auf und sah zum Himmel. Weit und breit blaßblaue Leere und im Süden der gleißende Kamm der Welle. Sacht schloß Robert die Motorhaube, murmelte: »Mal sehen, ob's jetzt geht« und ging um den Bus herum, wo niemand stand. Dort preßte er die Stirn gegen den glänzenden Lack der Karosserie. Unterdessen stimmte Gaba, um die Kinder zu zerstreuen, einen Abzählreim an.

Als Robert die Augen öffnete, bemerkte er Gabas tanzenden Schatten auf dem Gras – den Schatten seiner erhobenen Hände mit den gespreizten Fingern. Die Knirpse waren gleich dabei. Robert gab sich einen Ruck, öffnete den Wagenschlag und stieg ein. Im Pilotensessel saß ein Junge, der verbissen an den Schalthebeln zerrte, mit denen er ungewöhnliche Figuren beschrieb. Dabei pfiff und tutete er ununterbrochen.

»Paß auf, du brichst sie ab«, sagte Robert. Der Junge beachtete ihn überhaupt nicht. Robert wollte das SOS-Signal einschalten, es war aber schon in Betrieb. Er musterte erneut den Himmel. Durch den Sonnenschutz des Wagens erschien er zartblau und völlig leer. Ich muß zu einer Entscheidung kommen, dachte Robert. Er warf einen Seitenblick zu dem Jungen hinüber, der gerade voller Eifer das Heulen des Windes nachahmte.

»Komm mal raus, Robby«, sagte Gaba, der inzwischen an die Tür des Fahrerhäuschens herangetreten war. Robert stieg aus.

»Mach die Tür zu«, riet Gaba. Sie hörten, wie Tanja in einiger Entfernung den Kindern etwas erzählte und der Junge auf dem Fahrersitz kräftig tutete.

»Wann wird die Welle hier sein?« fragte Gaba.

»In einer halben Stunde.«

»Was ist mit dem Motor?«

»Kein Treibstoff.«

Gabas Gesicht wurde aschfahl. »Wieso denn das?« fragte er konsterniert. Robert schwieg. »Und in deinem Flyer?«

»Für so einen Koffer reicht er keine fünf Minuten.«

Gaba schlug sich mit der Faust vor die Stirn und setzte sich ins Gras.

»Du bist Techniker«, sagte er heiser, »du mußt einen Ausweg

finden.«

Robert lehnte sich an den Bus.

»Kennst du die Preisfrage vom Wolf, der Ziege und dem Kohlkopf, die alle über den Fluß wollen? Hier stehen ein Dutzend Kinder, eine Frau und wir beide. Die Frau, die ich über alles in der Welt liebe. Die Frau, die ich, koste es was es wolle, retten werde. So sieht's aus. Der Flyer hat zwei Plätze . . .«

Gaba nickte abwesend. »Ich verstehe. Nichts dagegen zu sagen. Soll Tanja sich in den Flyer setzen und soviel Kinder mitnehmen, wie hineingehen.«

»Nein«, sagte Robert brüsk.

»Warum nicht? In zwei Stunden werden sie in der Hauptsiedlung sein.«

»Nein«, wiederholte Robert. »Das wäre auch keine Lösung. Die Welle wird in drei Stunden die Hauptsiedlung erreicht haben. Dort steht startbereit die Landefähre, und Tanja muß mit ihr fort. Streit nicht mit mir!« zischte er wütend. »Es gibt nur zwei Möglichkeiten: Entweder fliege ich mit Tanja oder du, aber dann mußt du mir bei allen Heiligen schwören, daß Tanja auf die Landefähre kommt. Du hast die Wahl.«

»Du hast den Verstand verloren«, sagte Gaba. Er stand langsam auf. »Es geht um Kinder! Komm zur Besinnung!«

»Und die, die hierbleiben müssen – sind das vielleicht keine Kinder? Wer wird die drei aussuchen, die in die Hauptsiedlung und somit auf die Erde fliegen werden? Du? Also los, dann geh und triff deine Wahl!«

Gaba bewegte lautlos die Kiefer. Robert schaute nach Süden. Die Welle war jetzt schon deutlich zu sehen. Der gleißende Streifen erhob sich immer höher und zog einen schweren schwarzen Vorhang hinter sich her.

»Nun?« fragte Robert. »Schwörst du?«

Gaba schüttelte langsam den Kopf.

»Dann leb wohl«, sagte Robert.

Er machte einen Schritt nach vorn, doch Gaba versperrte ihm den Weg. »Die Kinder!« sagte er tonlos.

Robert packte ihn mit beiden Händen an den Jackenaufschlägen und zog ihn ganz dicht zu sich heran, so daß sie sich Aug in Auge gegenüberstanden. »Tanja!« beharrte er.

Einige Sekunden lang sahen sie sich schweigend an.

»Sie wird dich hassen«, sagte Gaba leise.

Robert ließ ihn los und lachte bitter auf. »In drei Stunden bin ich tot«, erwiderte er. »Mir kann es dann egal sein. Leb wohl, Gaba.«
Sie trennten sich.

»Sie wird nicht mit dir fliegen«, rief ihm Gaba leise hinterher.

Robert gab keine Antwort. Das weiß ich selbst, dachte er. Er ging um den Bus herum und lief mit großen Schritten zum Flyer. Er sah Tanjas Gesicht, das ihm zugewandt war, und die Kinder, die Tanja lachend umringten. Robert winkte ihnen fröhlich zu, wobei er alle Kräfte aufbieten mußte, um seine Gesichtsmuskeln zu einem unbekümmerten Lächeln zu zwingen. Am Flyer angelangt, sah er hinein, richtete sich dann auf und rief: »Tanja, komm mir mal helfen!«

Im gleichen Moment kam Gaba hinter dem Bus hervorgekrochen. »Na, was steht ihr hier herum?« polterte er los. »Wer fängt den großen Tiger der Dschungel?« Er stieß einen durchdringenden Schrei aus und sauste auf allen vieren in den Wald hinein. Einen Augenblick lang standen die Kleinen mit offenen Mündern da und sahen ihm hinterher. Dann quiekte jemand laut los, ein anderer brach in wildes Indianergeheul aus, und schon sauste der ganze Trupp hinter Gaba her, der bereits zwischen den Bäumen verschwunden war.

Tanja, die ihnen lächelnd nachschaute, kam auf Robert zu und sagte verwundert: »Eigenartig ist das . . . als würde gar keine Katastrophe auf uns zukommen.«

Robert sah immer noch zum Wald hinüber, obwohl niemand mehr zu sehen war. Nur das Lachen und Kreischen, das Knacken von Zweigen und das drohende Brüllen des wilden Tigers drang deutlich zu ihnen herüber.

»Du hast so einen eigenartigen Blick, Robby«, sagte Tanja.

»Dieser Gaba ist doch ein komischer Kauz«, erwiderte Robert und bereute es sofort. Er hätte schweigen sollen, die Stimme gehorchte ihm nicht.

»Was ist passiert, Robby?« fragte Tanja verstört.

Er sah unwillkürlich über ihren Kopf hinweg zum Himmel. Tanja wandte sich gleichfalls um und preßte sich dann ängstlich an ihn. »Was ist das?« fragte sie.

Die Welle reichte schon bis an die Sonne heran.

»Wir müssen uns beeilen«, sagte Robert. »Steig in die Kabine und heb bitte den Sitz hoch.«

Tanja sprang gelenkig in den Flyer, da folgte ihr Robert mit einem gewaltigen Satz, packte sie mit dem rechten Arm um die Schultern und preßte sie dermaßen zusammen, daß sie sich nicht rühren konnte. Gleichzeitig riß er den Flyer aus dem Stand in die Höhe.

»Robby«, flüsterte Tanja entsetzt. »Was hast du vor? Robby!«

Robert sah sie nicht an. Er holte aus dem Flyer heraus, was er nur konnte. Lediglich aus den Augenwinkeln bemerkte er unter sich die Waldwiese, den verlassenen Aerobus und das kleine Kindergesicht, das ihnen vom Fahrersitz aus neugierig nachblickte.

8

Die Tageshitze war schon im Abklingen, als die letzten Aeromobile, total überladen und mit durchgedrückten Chassis, auf den Anliegerstraßen des Platzes vor dem Ratsgebäude landeten. Auf dem weiträumigen Gelände hatte sich zur Stunde fast die gesamte Bevölkerung des Planeten eingefunden.

Von Norden und Süden her rollten in schwerfälliger Kolonne und mit Donnergetöse die unförmigen »Maulwürfe« an, versehen mit den Kennzeichen der Pioniere und mit den gelben Blitzen der Energetiker. Pioniere und Energetiker bildeten auf dem Platz ein Lager für sich, und nach einer knappen Arbeitsberatung – zwei Männer kamen zu Wort, denen nur jeweils drei Minuten Sprechdauer zugebilligt worden war – machten sie sich in größter Hast an den Bau der Unterstände. Ein ohrenbetäubendes Dröhnen zerschnitt die Luft, als die »Maulwürfe« die Betondecke aufzureißen begannen, um sich dann einer nach dem anderen in die Erde hineinzufressen. Am Rand des Schachtes wuchs zusehends ein Berg bröckelnder Erde, und über dem Platz breitete sich der säuerliche Geruch von denaturiertem Basalt aus.

Die ausgestorbenen Etagen des Theaters gegenüber dem Ratsgebäude beherbergten jetzt die Null-Physiker. Den ganzen Tag über hatten diese unermüdlichen Diener der Wissenschaft zurückweichen müssen, hatten mit Hilfe der »Charybden« um jeden Beobachtungsposten, um jede Station der Fernkontrolle gekämpft, hatten versucht, so viel Apparaturen und Forschungsunterlagen wie möglich zu bergen, und dabei in nahezu jeder Sekunde ihr Leben aufs Spiel gesetzt. Bis sie dann auf ausdrücklichen Befehl von Lamondois und dem Direktor alle Positionen aufgegeben hatten und in die Hauptsiedlung gezogen waren. An ihren erregten, zum Teil schuldbewußten Mienen waren sie zu erkennen, auch an den hektischen

Stimmen, dem nervösen, unnatürlich lauten Lachen und an dem Galgenhumor, mit dem sie sich über die Geschehnisse der verflossenen Stunden unterhielten. Jetzt hatten sie alle Hände voll zu tun, um unter Aristoteles' und Pagawas Anleitung das Wertvollste des geborgenen Materials auszusondern und für den Abtransport auf Mikrofilm zu übertragen.

Eine starke Gruppe von Monteuren und Meteorologen hatte im Randgebiet der Siedlung begonnen, Fließbänder zur Herstellung kleiner Raketen zu installieren. Die Raketen sollten mit den wichtigsten Dokumenten als künstliche Satelliten über die Atmosphäre hinausgeschossen und später zur Erde gebracht werden.

Zu den Raketenbauern gesellten sich auch mehrere Touristen, die sich entweder außerstande fühlten, tatenlos abzuwarten, oder aber wirklich helfen wollten und es auch konnten, Leute, denen die Rettung der geistigen Werte am Herzen lag.

Dennoch war der Platz, der von »Geparden«, »Medusen«, »Bindjugis«, »Diligences«, »Maulwürfen« und »Condors« nur so wimmelte, noch sehr bevölkert, zum Beispiel von Biologen und Planetologen, denen für die verbleibenden Stunden der Lebensinhalt genommen war, und von vielen Fremden, Künstlern und Touristen, die die unerwarteten Ereignisse überrollt hatten. Aufgebracht standen sie da und schienen auch wiederum verloren, unfähig, etwas zu unternehmen oder bei irgend jemandem Beschwerde zu führen. Hier und da sah man einige Gestalten niedergedrückt und stumm in ihren Maschinen sitzen oder ziellos um die Häuserwände streichen. Einige wenige nur bewahrten Haltung und unterhielten sich, in Grüppchen zwischen den Wagen stehend, gelassen über die unterschiedlichsten Themen.

Der Planet war verödet. Man hatte sämtliche Einwohner ausfindig gemacht und sie aus allen Ortschaften und den entferntesten Winkeln in die am Äquator gelegene Hauptsiedlung gebracht. Somit waren alle Breiten des Planeten, die nördlichen wie die südlichen, ausgestorben – abgesehen von einigen wenigen Leuten, die erklärt hatten, daß ihnen nunmehr sowieso alles egal sei. Abgesehen auch von einem Aerobus mit Kindern und einem Erzieher, der irgendwo über den tropischen Wäldern verschollen war, sowie einem schweren »Condor«, der zur Suche der Vermißten ausgeschickt worden war.

Im Sitzungssaal des Ratsgebäudes tagte unterdessen pausenlos der Oberste Rat des Regenbogenplaneten. Von Zeit zu Zeit riefen der

Direktor oder Kaneko über das Mikrofon der allgemeinen Nachrichtenübermittlung – für die Menge unerwartet – Leute zu sich, die dann Hals über Kopf zum Ratsgebäude liefen und hinter dessen Türen verschwanden. Gleich darauf kamen sie wieder heraus, bestiegen ihre Aeromobile oder Flyer und verließen die Siedlung. Viele von denen, die nichts zu tun hatten, begleiteten sie mit neidischen Blicken. Es war nicht bekannt, welche speziellen Fragen der Rat erörterte, doch das Wichtigste war über den Lautsprecher bereits mitgeteilt worden: Die Gefahr einer Katastrophe war völlig real; dem Obersten Rat stand ein einziges Raumschiff mit geringem Transportvolumen zur Verfügung; das Kinderstädtchen war evakuiert worden – die Kinder befanden sich zur Zeit unter Aufsicht der Erzieher und Ärzte im Stadtpark; der interplanetare Liner »Strela« unterhielt ständig Funkverbindung zum Regenbogenplaneten und befand sich auf dem Weg hierher. Allerdings würde er frühestens in zehn Stunden eintreffen ... Dreimal pro Stunde informierte der Diensthabende des Obersten Rats die Leute auf dem Platz über das Herannahen der Welle. Immer wenn es aus dem Lautsprecher schallte: »Achtung, Regenbogen! Wir geben folgende Durchsage ...«, erstarb jedes Geräusch in der Menge, und alles lauschte gierig. Hin und wieder nur warfen die Leute ärgerliche Blicke zum Schacht hinüber, aus dem das gedämpfte Grollen der »Maulwürfe« hochstieg. Die Welle bewegte sich eigenartig. Manchmal wuchs ihre Beschleunigung – dann wurden die Menschen auf dem Platz einsilbig und schauten finster drein; manchmal verringerte sie sich – und dann hellten sich die Mienen zu einem hoffnungsvollen Lächeln auf. Doch die Welle bewegte sich trotz allem vorwärts, unaufhaltsam. Die Saatflächen brannten, die Wälder lohten in knisternden Flammen auf, die verlassenen Siedlungen waren ein einziges Feuermeer.

Offizielle Informationen gab es nur wenige – wohl deshalb, weil niemand Gelegenheit hatte, sie zu sammeln. Und wie stets in solchen Fällen traten an die Stelle bestätigter Meldungen unzählige Gerüchte.

Die Pioniere gruben sich immer tiefer in die Erde hinein. Wenn jemand von ihnen, erschöpft und dreckverschmiert, aus dem Schacht herauswankte, rief er dennoch zuversichtlich zur Menge hinüber, daß es keine drei, vier Stunden mehr dauern würde, bis ein ausreichend tiefer und geräumiger Unterschlupf für alle fertiggestellt wäre. Man sah mit einiger Hoffnung auf diese Männer, und die Zuversicht wurde noch gefestigt durch hartnäckige Gerüchte über Berechnungen, die Etienne Lamondois, Pagawa und ein gewisser Patrick angestellt haben sollten. Nach diesen Berechnungen müßte sich die Energie der nördlichen und südlichen Welle bei Aufprall beider Wellen am Äquator aufheben. Es hieß, daß sich der Planet im Anschluß daran mit einer anderthalb Meter dicken Schneeschicht überziehen würde.

Es gingen auch Gerüchte um, daß eine halbe Stunde zuvor im Institut für Diskreten Raum, dessen mattweiße Wände vom Platz aus jedem sichtbar waren, endlich der erste erfolgreiche Null-Transport eines Menschen zum Sonnensystem geglückt sei. Man nannte sogar den Namen des Mannes, der als erster Null-Flieger der Welt gerade wohlbehalten auf dem Pluto gelandet sein sollte.

Andere wiederum wußten von Signalen zu berichten, die die südliche Welle durchbrochen hätten. Sie wären durch atmosphärische Störungen ziemlich entstellt gewesen, hätten aber dennoch dechiffriert werden können. Ihnen zufolge hätten einige Leute, die freiwillig auf einer Energiestation zurückgeblieben wären, die Welle überlebt und fühlten sich zufriedenstellend. Das aber würde bedeuten: Die P-Welle stellte im Vergleich zu früheren Typen keine reale Gefahr für das Leben auf dem Planeten dar. Man hätte, so hieß es, sogar die Namen der Glücklichen durchgegeben, und es fanden sich auch gleich einige Leute, die behaupteten, sie persönlich zu kennen. Zur Bekräftigung dieser Nachricht wurde der Bericht eines Augenzeugen wiedergegeben, der gesehen haben wollte, wie der allerorts bekannte Kamillo in einem brennenden Flugwagen die Welle durchquert hatte und, mit den Armen fuchtelnd und irgend etwas rufend, gleich einem wunderlichen Kometen vorübergesaust war.

Große Verbreitung fand das Gerücht über einen ehemaligen Kosmonauten, der jetzt im Schacht arbeitete und sinngemäß gesagt haben sollte: »Den Kommandanten der ›Strela‹ kenne ich schon hundert Jahre. Wenn der sagt, er kommt in zehn Stunden, so bedeutet es, daß er in spätestens drei Stunden da ist. Man darf nicht jedes Wort des Obersten Rats für bare Münze nehmen. Die dort sitzen, haben nämlich keine Ahnung von einem modernen Raumschiff und wissen nicht, was es unter der Führung eines erfahrenen Kommandanten leisten kann.«

Die Welt hatte plötzlich aufgehört, einfach und klar zu sein. Es wurde schwierig, Wahrheit von Unwahrheit zu scheiden. Menschen, die man als absolut ehrlich zu kennen glaubte, begannen plötzlich bedenkenlos zu schwindeln, nur um andere aufzurichten und zu beruhigen. Und zwanzig Minuten später sah man sie völlig niedergeschmettert, weil sie ein vages Gerede aufgeschnappt hatten, weil sie gehört hatten, daß die Welle zwar keine unmittelbare Lebensgefahr darstelle, dafür aber die Psyche des Menschen auf ewig verkrüppele und ihn auf die Stufe eines Höhlenmenschen zurückversetze.

Auf dem Platz sah man eine großgewachsene Frau mit verweintem Gesicht ins Ratsgebäude eindringen. Sie hatte einen etwa fünfjährigen Jungen in roten Hosen an der Hand. Viele kannten sie – Shenja Wjasanizyna, die Frau des Direktors. Sehr bald schon kam sie in Begleitung Kanekos wieder heraus, der sie höflich, aber entschieden am Arm führte. Sie weinte nicht mehr, doch ihr Gesicht zeigte eine so wilde Entschlossenheit, daß die Umstehenden erschrocken zur Seite wichen, um ihr Platz zu machen. Der Junge knabberte seelenruhig an einem Keks.

Wer einer Tätigkeit nachgehen konnte, war besser dran. Darum auch faßte die Gruppe der Künstler, Schriftsteller und Touristen, die sich in einer fruchtlosen Diskussion heiser geredet hatten, endlich den Entschluß, sich zu den Raketenmonteuren am Stadtrand zu gesellen. Freilich, sie würden ihnen schwerlich von Nutzen sein. Andererseits hofften sie auf Beschäftigung, und mehr wollten sie im Augenblick nicht. Einige von ihnen stiegen in den Stollen hinunter, der mittlerweile horizontal weitergetrieben wurde; andere, zumeist erfahrene Piloten, bestiegen ihr Aeromobil und jagten nach Norden oder Süden, um sich den Beobachtern des Obersten Rats anzuschließen, die bereits seit Stunden mit dem Tod Verstekken spielten.

Die Zurückbleibenden sahen vor der Auffahrt zum Ratsgebäude einen rauchgeschwärzten und ziemlich verbeulten Flyer landen. Zwei Männer stiegen aus, was sie offensichtlich große Anstrengung kostete. Wie betäubt blieben sie einen Augenblick neben dem Fahrzeug stehen und wankten dann, sich gegenseitig stützend, zum Eingang. Ihre Gesichter waren gelb und gedunsen, und nur die wenigsten erkannten in den beiden Männern den jungen Physiker Karl Hoffmann und den Testflieger Timothy Sawyer, der für sein kunstvolles Banjospiel berühmt war. Sawyer schüttelte dauernd den Kopf und gab wirre Laute von sich, während Hoffmann mit krächzender Stimme erklärte, daß sie soeben versucht hätten, die

Welle zu durchstoßen. Sie wären auch bis auf zwanzig Kilometer an sie herangekommen, hätten aber dann umkehren müssen, weil es Timothy plötzlich schwarz vor den Augen wurde. Auf diese Weise erfuhr man von der Erwägung des Obersten Rats, die Bevölkerung des Planeten auf die andere Seite der Welle zu evakuieren: Sawyer und Hoffmann sollten die Möglichkeit dafür erkunden. Kaum war ihre Geschichte bekannt geworden, so berichtete jemand, daß zwei andere Pioniere den Auftrag erhalten hätten, auf offener See mit einem Bathyskaph unter der Welle hindurchzutauchen, bis jetzt aber noch nicht zurückgekehrt wären. Eine Nachricht sei von ihnen auch nicht übermittelt worden.

Zu diesem Zeitpunkt harrten nur noch an die zweihundert Menschen auf dem Platz aus: knapp die Hälfte aller Erwachsenen des Regenbogenplaneten. Sie bemühten sich, in Grüppchen zusammenzubleiben, und unterhielten sich, ohne ihre Erregung zu zeigen. Dennoch sahen sie unverwandt zum Ratsgebäude hinüber.

Auf dem Platz war es mittlerweile ruhiger geworden, denn die »Maulwürfe« hatten sich tief ins Erdinnere vorgearbeitet. Die Gespräche der Leute verliefen verständlicherweise wenig aufmunternd.

»Wieder fällt mein Urlaub ins Wasser. Diesmal, wie's scheint, für lange Zeit.«

»Bunker und Unterstände . . . Es ist ja nicht das erste Mal, daß uns so eine schwarze Wand zum Untertauchen zwingt . . .«

»Ein Jammer, aber ich habe nicht die geringste Lust zum Malen. Das Ratsgebäude wäre ein lohnendes Objekt, diese Farben! Würde ich zu gern aufs Papier bringen . . . und dann wär's auch reizvoll, diese ganze Atmosphäre, diese Anspannung und Erwartung einzufangen . . . aber es geht einfach nicht. Mir ist richtig elend zumute.«

»Eigenartig ist das trotzdem. Als hätten wir einen Geheimen Rat gewählt. Methoden wie im Mittelalter: in Klausur gehen, um über das Schicksal des Planeten zu beratschlagen. Wir werden ja sehen, was da herauskommt. Etwas Gescheites bestimmt nicht.«

»Schau nur mal, dort der Ananjew. Gefällt mir gar nicht. Schon seit zwei Stunden hockt er ganz allein da, sagt keinen Ton und schärft nur immerzu sein Taschenmesser . . . Ich gehe jetzt hin und spreche ihn an. Kommst du mit?«

»Aodsora ist niedergebrannt . . . Mein Aodsora, ich habe es gebaut! Jetzt muß alles neu gemacht werden . . . Bis es dann wieder in Klump geht.«

»Mir tun die beiden leid. Wir zwei sind wenigstens zusammen, und deshalb hab ich auch keine Angst, Ehrenwort! Aber der Direktor kann noch nicht mal die letzten Stunden mit seiner Frau verbringen. Das ist schon ein Elend!«

»Ich sitz' hier untätig rum und schwatze, weil es meiner Ansicht nach nur eine einzige Möglichkeit für unsere Rettung gibt: die ›Strela‹. Alles andere ist nichts weiter als bloße Beschäftigungstherapie.«

»Warum bin ich bloß hierhergekommen? Was hat mir auf der Erde gefehlt? Nie hätte ich gedacht, daß uns der Regenbogenplanet so übel mitspielen würde . . .«

Plötzlich dröhnte es durch den Lautsprecher: »Achtung, Regenbogen! Hier spricht der Oberste Rat! Wir fordern alle Einwohner des Planeten auf, sich zu einer Vollversammlung auf dem Ratsplatz einzufinden. Die Versammlung beginnt in zwanzig Minuten. Ich wiederhole . . .«

Während sich Gorbowski durch die Menge einen Weg zum Ratsgebäude bahnte, wurde ihm bewußt, daß er sich ungewöhnlicher Beliebtheit erfreute. Man machte ihm ehrerbietig Platz, zeigte auf ihn, grüßte oder sprach ihn an: »Na, wie stehen die Dinge, Leonid Andrejewitsch?« Zur gleichen Zeit flüsterten sich die Leute hinter seinem Rücken die Namen der Sterne und Planeten zu, mit denen er bereits zu tun gehabt hatte, die Namen der Raumschiffe, deren Kommandant er gewesen war.

Gorbowski, der so viel auf seine Person gerichtete Aufmerksamkeit nicht gewohnt war, verbeugte sich kurz im Vorübergehen, hob die Hand zum Gruß, lächelte und antwortete: »Danke, bis jetzt ist alles in Ordnung.« Und dachte: Jetzt soll mir noch mal jemand erzählen, daß die breiten Massen kein Interesse mehr für die Raumfahrt haben. Gleichzeitig empfand er fast körperlich die furchtbare Nervenanspannung der Menschen auf dem Platz. Das Ganze erinnerte irgendwie an die letzten Minuten vor einem besonders schwierigen und bedeutungsvollen Examen. Die Spannung übertrug sich auch auf ihn. Während er lächelte und scherzhafte Antworten gab, versuchte er Stimmung und kollektives Denken dieser Menge zu ergründen. Er überlegte, wie sie seine Entscheidung aufnehmen würde. Ich glaube an euch, dachte Gorbowski beharrlich, unbedingt, was auch kommen mag. Ich glaube an euch alle, die ihr jetzt erschrocken seid, voll gespannter Aufmerksamkeit, hoffnungslos enttäuscht. Ich glaube an euch Menschen.

Unmittelbar vor dem Eingang zum Obersten Rat holte ihn ein Unbekannter ein – er trug einen Untertageschutzanzug – und sprach ihn an. »Leonid Andrejewitsch«, sagte er und lächelte gequält. »Einen Augenblick, bitte. Wirklich nur für eine Minute.«

»Aber bitte«, antwortete Gorbowski.

Der Mann wühlte hastig in seinen Taschen. »Wenn Sie wieder auf der Erde sind«, begann er, »bitte seien Sie so gut . . . Wo steckt er bloß? – Sicher wird es Ihnen keine große Mühe machen. So, hier ist er.« Er holte einen zusammengefalteten Briefumschlag heraus. »Hier steht die Adresse, in Druckbuchstaben. Wenn Sie ihn bitte weiterleiten würden.«

Gorbowski nickte. »Selbstverständlich«, sagte er freundlich und nahm den Brief an sich.

»Meine Schrift ist fürchterlich, ich kann sie selbst nicht ausstehen. Obendrein hab' ich in großer Eile geschrieben . . .« Er verstummte, dann streckte er Gorbowski die Hand hin. »Glückliche Reise . . . und schon im voraus vielen Dank.«

»Wie geht's mit den Ausschachtungsarbeiten voran?« fragte Gorbowski.

»Ausgezeichnet«, antwortete der andere. »Machen Sie sich um uns keine Sorgen.«

Gorbowski betrat das Gebäude, und während er die Treppe hinaufging, grübelte er darüber nach, wie er seine Erklärung vor dem Rat am besten einleiten könnte. Er fand keinen geschickten Anfang. Gorbowski war noch nicht ganz auf der zweiten Etage angelangt, als er die Ratsmitglieder herunterkommen sah. Allen voran ging, leicht auf das Geländer gestützt, Lamondois. Er machte einen sehr ruhigen, etwas zerstreuten Eindruck. Als er Gorbowski gewahrte, lächelte er sonderbar verlegen und blickte sofort wieder weg. Gorbowski machte Platz. Hinter Lamondois ging Matwej – rot vor Erregung. Wütend knurrte er: »Bist du bereit?« und stampfte, ohne eine Antwort abzuwarten, an ihm vorbei. Dem Direktor folgten die übrigen Ratsmitglieder, die Gorbowski nicht kannte. Lautstark und lebhaft erörterten sie die Frage, wie der Eingang in den Unterstand beschaffen sein müßte, doch aus ihren hektischen Stimmen hörte Gorbowski deutlich den unechten Klang heraus. Es war genau zu spüren,daß die Gedanken dieser Männer um ganz andere Probleme kreisten. Als letzter kam, in einiger Entfernung von den anderen, Stanislaw Pischta die Treppe herunter, noch ebenso breitschultrig und braungebrannt und mit der gleichen Haarmähne wie vor fünfundzwanzig Jahren, als er Kommandant der »Sonnenblume« gewesen war und gemeinsam mit Gorbowski den Blinden Fleck erstürmt hatte.

»Nanu!« rief Gorbowski überrascht aus.

»Da staunst du, was?« lachte Pischta.

»Was treibst du denn hier?« fragte Gorbowski verblüfft.

»Ich habe mir die Physiker vorgeknöpft . . .«

»Da tust du gut dran«, meinte Gorbowski. »Ich werde mich gleich anschließen. Aber vorher sag mir erst noch, wer hier die Leitung über die Kinderkolonie übernommen hat.«

»Ich«, antwortete Pischta.

Gorbowski sah ihn ungläubig an.

»Ja doch, ich!« Pischta griente amüsiert. »Das hättest du mir wohl nicht zugetraut, wie? Du kannst dich gleich von meinen Qualitäten überzeugen. Draußen auf dem Platz, wenn das ganze Tohuwabohu losgeht. Da wird's völlig unpädagogisch zugehen, das kann ich dir schon jetzt versichern.«

Sie gingen langsam zum Ausgang.

»Tohuwabohu – von mir aus«, erwiderte Gorbowski.

»Wo sind die Kinder jetzt?«

»Im Park.«

»Ausgezeichnet. Dann geh zu ihnen und mach dich unverzüglich daran – hörst du, unverzüglich! –, die Kinder aufs Schiff zu bringen. Mark und Percy warten dort auf dich. Die Säuglinge sind schon an Bord. Nun beeil dich, ab mit dir.«

»Du bist großartig«, sagte Pischta anerkennend.

»Na, na«, wehrte Gorbowski ab. »Nun lauf schon.«

Pischta klopfte ihm auf die Schulter und rannte Hals über Kopf los. Als Gorbowski auf den Platz hinaustrat, fühlte er Hunderte von Augenpaaren auf sich gerichtet und hörte die donnernde Stimme des Direktors, der ins Megaphon sprach: ». . . wir müssen jetzt die Frage entscheiden, was für die Menschheit und auch für uns hier als Teil der Menschheit das Wertvollste ist. Als erster wird der Leiter der Kinderkolonie, Genosse Pischta, sprechen.«

»Er ist weggegangen«, sagte Gorbowski leise.

Der Direktor wandte sich zu ihm um. »Was heißt weggegangen?« fragte er flüsternd. »Wohin?«

Auf dem Platz war es sehr still geworden.

»Dann erlauben Sie, daß *ich* spreche«, bat Lamondois.

Er griff nach dem Megaphon. Gorbowski sah, wie sich seine schmalen weißen Finger energisch auf Matwejs große Hand legten, die krampfhaft das Sprachrohr umklammerte. Er gab es nicht gleich her.

»Wir wissen alle«, begann Lamondois, »was der Regenbogenplanet darstellt, einen Planeten, der im Dienst der Wissenschaft besiedelt wurde und zur Durchführung physikalischer Experimente bestimmt ist. Auf das Resultat dieser Versuche wartet die ganze Menschheit. Jeder, der auf unseren Planeten kommt und hier lebt, ist sich im klaren darüber, *wohin* er gekommen ist und *wo* er lebt.« Lamondois sprach präzis und selbstsicher; wie er so dastand – blaß, kerzengerade aufgerichtet, gespannt wie eine Saite –, wirkte er sehr imposant. »Wir alle sind Soldaten der Wissenschaft. Ihr haben wir unser Leben geopfert, all unsere Neigungen, das Beste, das wir zu geben vermögen. Was wir geschaffen haben, gehört im Grunde nicht mehr uns. Es gehört der Wissenschaft und den zwanzig Milliarden Erdenbürgern, die über den ganzen Weltraum verstreut sind. Gespräche über moralische Themen sind immer kompliziert und unangenehm. Und reichlich oft geraten dabei Verstand und Logik in Widerstreit mit unserem rein emotionalen ›Ich will‹ und ›Ich will nicht‹, ›Es gefällt mir‹ und ›Es gefällt mir nicht‹. Aber es gibt ein objektives Gesetz, das die menschliche Gesellschaft fortbewegt. Dieses Gesetz ist unabhängig von unseren Emotionen, und es lautet: Die Menschheit muß erkennen. Der Kampf des Wissens gegen das Unwissen ist unser wichtigstes Anliegen. Und wenn wir wollen, daß unser Handeln im Licht dieses Gesetzes besteht, müssen wir ihm strikt folgen, selbst wenn es dabei notwendig wird, einige unserer angeborenen oder erworbenen Triebe zu unterdrükken.« Lamondois legte eine kurze Pause ein und knöpfte sich den Hemdkragen auf. »Das Wertvollste auf dem Regenbogenplaneten ist unsere Arbeit. Dreißig Jahre lang haben wir den diskreten Raum erforscht. Wir haben die besten Null-Physiker der Erde hier vereint. Die aus unserer Arbeit geborenen Ideen – so tiefgründig, zukunftsträchtig oder auch paradox sie mitunter sein mögen – stecken aber zur Zeit noch in den Kinderschuhen. Ich gehe sicher nicht fehl, wenn ich sage, daß hier auf unserem Planeten die einzigen Menschen leben, die zu Repräsentanten eines neuen Raumbegriffs geworden sind. Ich gehe auch nicht fehl zu sagen, daß nur wir Bewohner des Regenbogenplaneten über ein reiches experimentelles Material verfügen, das der theoretischen Ausarbeitung dieses Begriffes dient.

Doch selbst wir, die Spezialisten, können im Augenblick noch nicht abschätzen, welch gigantische, unüberschaubare Macht unsere neue Theorie der gesamten Menschheit bringen wird. Die Wissenschaft wird nicht nur um dreißig, nein, um hundert, zweihundert . . . dreihundert Jahre zurückgeworfen werden, wenn wir die Ergebnisse unserer Arbeit nicht sichern . . .«

Lamondois hielt plötzlich inne, sein Gesicht zeigte rote Flecken, die Schultern sackten herunter. Über der Stadt hing Grabesstille.

»Ich möchte sehr gern leben«, sagte Lamondois unvermittelt. »Und meine Kinder . . . ich hab' zwei, einen Jungen und ein Mädchen, sind dort im Park . . . Ich weiß einfach nicht . . . Entscheidet selbst.«

Er ließ das Megaphon sinken und blieb – völlig erschöpft, gealtert und mitleiderregend – vor der Menge stehen.

Alles schwieg. Es schwiegen die Null-Physiker, die in den ersten Reihen standen, und auch die unglücklichen Repräsentanten des neuen Raumbegriffs, die einzigen im ganzen Weltall. Es schwiegen die Künstler und Schriftsteller, die sehr genau wußten, was dreißig Jahre Arbeit bedeuteten, und die ebensogut wußten, daß kein Meisterwerk wiederholbar ist. Es schwiegen die Pioniere und Energetiker, die dreißig Jahre lang Seite an Seite mit den Null-Physikern und für sie gearbeitet hatten. Es schwiegen die Mitglieder des Obersten Rats, Männer, die als klug, gebildet und großherzig angesehen waren und die in erster Linie darüber zu befinden hatten, was nun weiter geschehen sollte.

Gorbowski sah in Hunderte von Gesichtern, in junge und alte, in Männer- und Frauengesichter; sie erschienen ihm in diesem Augenblick alle gleich und besaßen eine unwahrscheinliche Ähnlichkeit mit dem Gesicht von Etienne Lamondois. Er konnte sich nur zu gut vorstellen, was jetzt in ihnen vorging. Alle wollten sie leben. Der junge Mensch – weil er noch so wenig vom Leben gehabt hatte; der alte – weil ihm ohnehin nicht mehr viel Zeit übrigblieb. Die meisten vermochten wohl, gegen diesen Gedanken anzukämpfen: eine Willensanstrengung, und sie hatten ihn in die geheimsten Tiefen zurückgedrängt. Wem das nicht gelang, der versuchte, an gar nichts zu denken oder seine Todesfurcht, so gut es ging, zu verbergen. Aber die übrigen . . .

Um die Arbeit der Menschen hier tat es Gorbowski furchtbar leid. Noch mehr aber um die Kinder! Sie bedauerte er am meisten. Und das Schlimmste war: Er mußte eine Entscheidung treffen. Zum

Teufel, wie schwer es doch manchmal sein konnte, sich zu entscheiden! Jetzt gleich mußte er seinen Entschluß fassen und ihn laut, so daß ihn alle hören konnten, verkünden. Damit aber mußte er gleichzeitig eine ungeheure Verantwortung auf sich nehmen, eine Verantwortung, die ihm niemand abnahm. Es ging darum, vor sich selbst zu bestehen, damit er sich in den drei Stunden, die ihm in seinem Leben noch verblieben, als Mensch fühlen konnte. Himmel hilf! dachte Gorbowski. Er ging zu Lamondois und nahm ihm das Megaphon aus der Hand. Der andere bemerkte es nicht einmal.

»Ich habe den Eindruck«, begann Gorbowski betont forsch, »daß hier irgendein Mißverständnis vorliegt. Der Genosse Lamondois hat Ihnen vorgeschlagen, sich zu entscheiden. Aber es gibt im Grunde gar nichts mehr zu entscheiden. Es ist bereits alles entschieden. Die Säuglinge und die Mütter mit Neugeborenen sind schon auf dem Schiff.« (Ein Seufzer der Erleichterung ging durch die Menge.) »Die übrigen Kinder werden gerade an Bord genommen. Ich denke, der Platz wird für alle reichen. Ich bin sogar überzeugt davon. Sie müssen schon entschuldigen, wenn ich diesen Beschluß allein gefaßt habe, aber ich habe das Recht dazu. Ich habe sogar das Recht, energisch gegen eventuelle Versuche vorzugehen, die mich in der Ausführung meines Entschlusses behindern. Ich glaube aber, daß ich von diesem Recht keinen Gebrauch machen muß. Im übrigen hat Genosse Lamondois eben einige interessante Gedanken geäußert, und wenn die Zeit nicht drängte, würde ich sehr gern mit ihm darüber sprechen . . . Ein Wort noch an die hier versammelten Eltern: Der Zutritt zum Kosmodrom ist selbstverständlich freigegeben, nur das Betreten der Landefähre – dafür haben Sie sicherlich Verständnis – ist nicht statthaft.«

»Das war's«, sagte jemand laut. »Ist schon richtig so. Schachtarbeiter mir nach!«

Die Menge löste sich aus ihrer Erstarrung und geriet in Bewegung. Einige Flugwagen stiegen auf.

»Wir müssen davon ausgehen«, fuhr Gorbowski fort, »daß das Wertvollste, was wir besitzen, die Zukunft ist . . .«

»Die haben wir eben nicht mehr«, unterbrach ihn eine harte Stimme.

»Im Gegenteil, wir haben sie. Unsere Zukunft sind die Kinder. Ich gebe zu, dieser Gedanke ist nicht eben neu. Aber trotzdem, man muß gerecht sein. Das Leben ist herrlich, und wir alle, die wir hier stehen, wissen das. Aber unsere Kinder haben es noch nicht kennengelernt. Wieviel Glück steht ihnen bevor! Von den Null-Problemen, die sie erwarten, gar nicht zu reden.« (Die Menge applaudierte.) »Und nun entschuldigen Sie mich bitte, ich muß an Bord.«

Gorbowski reichte einem der Ratsmitglieder das Megaphon hin und trat zu Matwej. Der Direktor klopfte ihm mehrmals anerkennend auf die Schulter. Sie sahen auf die Leute hinunter, sahen ihre Gesichter, die sich jetzt irgendwie entspannt hatten und nicht mehr ganz so unglücklich wirkten. Gorbowski seufzte und murmelte dann: »Eigenartig ist das mit uns Menschen. Da vervollkommnen wir uns nun und vervollkommnen uns, werden immer besser, klüger, gütiger, und trotzdem: Wie erleichtert sind wir doch, wenn uns jemand die Last einer Entscheidung abnimmt . . .«

9

Die »Tariel II«, eine Landefähre vom Typ Sigma-L, war so konstruiert, daß sie einige wenige Wissenschaftler mit einem Minimum an Laborausrüstung über weite Strecken hin befördern konnte. Von gewaltiger Schubkraft angetrieben, stabil, zuverlässig, war sie geschaffen für Landungen auf Planeten mit extremen Temperaturen. Zu fünfundneunzig Prozent bestand sie aus energieerzeugenden Aggregaten. Selbstverständlich besaß das Raumschiff ein Wohnsegment aus fünf winzigen Kabinen, einem sehr kleinen Mannschaftslogis, einer Kochnische und einer geräumigen Kommandozentrale, die mit Steuerungs- und Kontrollinstrumenten bestückt war. Außerdem gab es eine Lastenabteilung, einen großen Raum mit kahlen Wänden, niedriger Decke, ohne die übliche Klimaanlage. Hier konnte im Notfall ein Labor eingerichtet werden. Normalerweise faßte die »Tariel II« bis zu zehn Personen einschließlich Besatzung.

Die Kinder wurden durch beide Luken an Bord genommen: die kleinen durch die Passagier-, die großen durch die Gepäckluke. Davor drängte sich eine Menschenmenge, bedeutend mehr Leute, als Gorbowski erwartet hatte. Schon auf den ersten Blick erkannte er, daß es sich nicht nur um Erzieher und Eltern handelte. In einiger Entfernung türmten sich die Kisten mit den Ulmotronen und der Ausrüstung für die Laaland-Expedition. Die Erwachsenen verhielten sich schweigsam, trotzdem herrschte vor der Landefähre ein ungewohnter Lärm: Kreischen, Lachen, dünnstimmiger Gesang –

eine Geräuschkulisse, wie sie für Internate, Kinderspielplätze und Ambulatorien seit jeher charakteristisch ist. Gorbowski sah kein bekanntes Gesicht. Nur schräg links entdeckte er Alja Postyschewa.

Auch sie war völlig verwandelt – niedergeschlagen und traurig, im Gegensatz zu sonst aber sorgfältig gekleidet. Sie saß auf einer leeren Kiste, die Hände auf den Knien, und sah zur »Tariel« hinüber. Sie wartete.

Gorbowski kletterte aus dem Flugwagen und ging auf die Landefähre zu. Als er an Alja vorbeikam, lächelte sie ihn kläglich an und sagte: »Ich warte auf Mark.«

»Schon gut, er wird bald kommen«, antwortete Gorbowski und ging weiter. Als er jedoch gleich darauf angehalten wurde, begriff er, daß es nicht einfach sein würde, sich zur Luke durchzuarbeiten.

Ein großer, bärtiger Mann mit einem Panamahut verstellte ihm den Weg. »Genosse Gorbowski«, sagte er, »bitte nehmen Sie das hier.« Er reichte ihm ein langes, schweres Paket.

»Was ist das?« fragte Gorbowski.

»Mein letztes Bild. Ich bin Johann Surd.«

»Johann Surd . . .«, wiederholte Gorbowski. »Ich wußte nicht, daß Sie hier sind.«

»Nehmen Sie es bitte. Es wiegt nicht viel. Das Beste, was ich in meinem Leben gemalt habe. Es handelt sich um den ›Wind‹ . . .«

In Gorbowskis Innerem krampfte sich alles zusammen. »Geben Sie her«, sagte er und nahm das Paket behutsam an sich.

Surd verbeugte sich. »Danke, Gorbowski«, sagte er und verschwand in der Menge.

Jemand krallte die Finger kräftig und schmerzhaft in Gorbowskis Arm. Er drehte sich um und erblickte eine blutjunge Frau. Ihre Lippen zitterten, ihr Gesicht war tränenüberströmt. »Sind Sie der Kapitän?« fragte sie mit bebender Stimme.

»Ja, der bin ich.«

Sie preßte seinen Arm noch fester. »Mein Junge ist dort . . . auf dem Schiff . . .« Ihre Lippen verzerrten sich. »Ich habe Angst . . .«

Gorbowski machte ein erstauntes Gesicht. »Aber warum denn? Er befindet sich dort ganz und gar in Sicherheit.«

»Sind Sie überzeugt? Versprechen Sie mir das?«

»Er befindet sich ganz und gar in Sicherheit«, wiederholte Gorbowski entschieden. »Die ›Tariel‹ ist sehr zuverlässig!«

»Die vielen Kinder«, sagte sie schluchzend. »Die vielen Kinder!«

Sie ließ seinen Arm los und wandte sich ab. Unschlüssig sah

Gorbowski ihr nach und ging dann weiter, wobei er Surds Lebenswerk mit Armen und Hüften abschirmte. Im selben Augenblick wurde er von zwei Männern links und rechts an den Ellenbogen gepackt.

»Das Ganze wiegt nur drei Kilo«, sagt der eine, ein blasser Mensch mit eckigen Bewegungen. »Ich habe noch nie jemanden um etwas gebeten . . .«

»Das sieht man«, bestätigte Gorbowski spöttisch, denn die Situation war in der Tat bemerkenswert.

»Es sind Aufzeichnungen über die Welle aus einem Beobachtungszeitraum von zehn Jahren. Sechs Millionen Fotokopien.«

»Die sind sehr wichtig!« bekräftigte der andere Mann, der Gorbowski am linken Ellbogen festhielt. Er hatte dicke, gutmütige Lippen, unrasierte Wangen und kleine, flehende Augen. »Verstehen Sie, das hier ist Maljajew«, und er zeigte dabei auf den ersten. »Sie müssen den Ordner unbedingt mitnehmen.«

»Schweigen Sie, Patrick«, sagte Maljajew. »Begreifen Sie doch, Leonid Andrejewitsch. So etwas darf sich nicht wiederholen . . . damit niemals mehr . . .«, er stöhnte auf, »damit wir niemals mehr vor eine so schlimme Entscheidung gestellt werden . . .«

»Bringen Sie's mir nach«, sagte Gorbowski. »Ich habe keine Hand frei.«

Sie ließen ihn los, und er machte einen Schritt nach vorn, stieß jedoch mit dem Knie gegen einen großen, in eine Plane eingepackten Gegenstand, den zwei Burschen in blauen Baskenmützen mit offensichtlicher Mühe zwischen sich hielten.

»Ob Sie das mitnehmen könnten?« schnaufte der eine.

»Wenn es möglich wäre, daß . . .«, sagte der andere.

»Wir haben zwei Jahre dran gebaut.«

»Bitte!«

Gorbowski schüttelte den Kopf und ging vorsichtig um die beiden herum.

»Leonid Andrejewitsch«, sagte der erste kläglich.

»Wir flehen Sie an.«

Gorbowski schüttelte abermals den Kopf.

»Erniedrige dich nicht«, sagte der zweite wütend, ließ plötzlich seinen Zipfel los, und der eingewickelte Gegenstand schlug krachend auf dem Boden auf.

»Wozu hältst du denn noch fest?«

Mit unerwarteter Wucht versetzte er dem Gegenstand einen

Fußtritt und ging, stark hinkend, davon.

»Wolodka«, rief ihm der andere ängstlich hinterher. »Spiel nicht verrückt!«

Gorbowski wandte sich kopfschüttelnd ab. Er brachte kein Wort heraus. Hinter ihm ging, schwer atmend und ihm fast in die Hacken tretend, Maljajew.

Eine weitere Gruppe von Leuten, alle irgendwie mit Rollen, Päckchen und Paketen in den Händen, setzte sich in Marsch und ging neben ihm her.

»Vielleicht könnte man es so machen, daß ...«, begann einer von ihnen nervös und abgehackt zu sprechen. »Vielleicht könnte man alles ... alles an der Gepäckluke zusammentragen ... Wir wissen, daß die Chancen sehr gering sind ... Aber vielleicht bleibt plötzlich doch noch etwas Platz übrig ... Schließlich sind das ja keine Menschen, sondern Gegenstände ... Irgendwo könnte man sie verstauen ... irgendwie ...«

»Ja, ja«, sagte Gorbowski. »Befassen Sie sich bitte mit der Angelegenheit.« Er blieb stehen und packte sich das Bild auf die andere Schulter. »Sagen Sie den anderen Bescheid. Sie sollen alles an der Gepäckluke aufstapeln. Seitlich davon, in etwa zehn Schritt Entfernung. Abgemacht?«

Die Menge geriet in Bewegung, es wurde etwas mehr Luft. Die Leute mit den Rollen und Päckchen gingen allmählich auseinander, und Gorbowski gelangte schließlich auf den freien Platz vor der Passagierluke, wo die Kleinen, in Zweierreihen aufgestellt, darauf warteten, von Percy Dickson in Empfang genommen zu werden.

Die Knirpse in ihren verschiedenfarbigen Jäckchen, Hosen und Mützen waren durch die Aussicht auf diese unplanmäßige Sternenfahrt alle außerordentlich erregt. Stark mit sich und dem Anblick des gigantischen blauschimmernden Flugkörpers beschäftigt, schenkten sie ihren Müttern und Vätern kaum einen Blick. Sie hatten an anderes zu denken als an die Eltern. In der runden Lukenöffnung stand Percy Dickson. Er steckte in einer uralten, längst verblichenen Paradeuniform für Kosmonauten. Die Uniform war schwer und eng und mit Abzeichen und prächtiger Posamentenstickerei verziert. Die Knöpfe hatte man in aller Eile aufpoliert. Der Schweiß lief in Strömen über Dicksons bärtiges Gesicht, und von Zeit zu Zeit donnerte er mit kräftigem Seemannsbaß: »Abrakadabra! Simsalabim! Alle Mann an Deck, Anker lichten!« Das kam sehr lustig heraus, und die Kleinen starrten ihn mit verzauberten Blicken an. Außerdem waren noch zwei Erzieher anwesend: Der Mann hielt Listen in der Hand, und die Frau sang mit den Kindern lustige Verse von einem tapferen Nashorn. Ohne Dickson auch nur für einen Moment aus den Augen zu lassen, sangen die Knirpse begeistert mit, wobei einer den anderen zu übertönen suchte.

Stünde man mit dem Rücken zur Menge, dachte Gorbowski, dann könnte man sich tatsächlich in der Illusion wiegen, der gute Onkel Percy hätte einen fröhlichen Rundflug um den Regenbogenplaneten organisiert. Doch als Dickson in diesem Augenblick den Kleinen, der als nächster an der Reihe war, auf den Arm nahm und durch die Passagierluke weiterreichte, schrie eine Frauenstimme hinter Gorbowski hysterisch auf: »Tolik! Mein Tolik!« Gorbowski schaute sich um und erblickte das blasse Gesicht Maljajews; er sah die angespannten Mienen der Väter und die kläglich lächelnden Gesichter der Mütter, er sah die Tränen, die zusammengepreßten Lippen, die Verzweiflung und die hemmungslos schluchzende Frau, die von einem Mann in erdverschmiertem Arbeitsanzug um die Schultern gefaßt und schnell weggeführt wurde. Jemand wandte sich ab, ein anderer krümmte sich zusammen und machte hastig kehrt, wobei er mit den hinter ihm Stehenden zusammenprallte, ein dritter legte sich einfach auf den Betonboden und hämmerte sich mit den Fäusten gegen den Kopf.

Gorbowski entdeckte Shenja Wjasanizyna, die etwas voller und hübscher geworden war. Sie stand da mit weit aufgerissenen, trockenen Augen, mit fest zusammengepreßtem Mund und hielt einen dicken, ruhigen Jungen in roten Hosen an der Hand. Der Kleine aß einen Apfel und war ganz in den Anblick des mit Glitzerschmuck behängten Percy Dickson versunken.

»Guten Tag, Leonid«, sagte sie.

»Guten Tag, Shenetschka«, antwortete Gorbowski.

Maljajew und Patrick traten zur Seite.

»Wie dünn du bist«, fuhr sie fort. »Noch genauso dünn wie vorher! Sogar noch magerer.«

»Dafür bist du hübscher geworden.«

»Halte ich dich auch nicht zu sehr ab?«

»Aber nein, alles verläuft normal. Ich muß nur noch die ›Tariel‹ besichtigen. Ich habe nämlich große Angst, daß die Plätze nicht ausreichen.«

»Man hat es ziemlich schwer so allein«, entgegnete Shenja unvermittelt. »Matwej ist beschäftigt. Immerzu beschäftigt. Manchmal habe ich den Eindruck, daß ihm alles ganz egal ist.«

»Das stimmt absolut nicht«, erwiderte Gorbowski. »Ich habe mich mit ihm unterhalten und kann es dir versichern. Doch was soll er tun? Alle Kinder auf dem Regenbogenplaneten sind irgendwie seine Kinder. Er kann nicht anders.«

Mit der freien Hand winkte sie schwach ab. »Ich weiß nicht, was ich mit Aljoschka machen soll«, sagte sie. »Er ist so an sein Zuhause gewöhnt. Selbst im Kindergarten war er noch nie.«

»Er wird sich einleben. Kinder gewöhnen sich sehr schnell an alles Neue, Shenetschka. Du brauchst dir keine Sorgen zu machen. Es wird gutgehen.«

»Ich weiß nicht einmal, an wen ich mich wenden soll.«

»Die Erzieher sind beide in Ordnung. Das weißt du doch. Aljoschka wird es an nichts fehlen.«

»Das meine ich nicht. Er ist doch in keiner Liste vermerkt.«

»Was soll denn daran Schlimmes sein? Ob er nun in der Liste steht oder nicht – kein einziges Kind wird auf dem Regenbogenplaneten zurückbleiben. Die Listen sind nur der Vollständigkeit halber da. Wenn du willst, gehe ich hin und sage, daß er eingeschrieben wird.«

»Ja«, antwortete sie. »Das heißt, nein . . . warte noch. Wäre es denn möglich, daß ich ihn selbst an Bord bringe?«

Gorbowski schüttelte betrübt den Kopf. »Shenetschka«, sagte er weich. »Das muß doch nicht sein. Wozu die Kinder beunruhigen?«

»Ich werde niemanden beunruhigen. Ich möchte nur mal sehen, wie es ihm dort geht . . . wer neben ihm sitzen wird . . .«

»Genau solche Kinder. Fröhliche und liebe Kinder.«

»Könnte ich nicht dennoch mit ihm hinaufgehen?«

»Nein, das geht wirklich nicht, Shenetschka.«

»Es muß aber sein. Es ist sehr wichtig. Ich kann ihn nicht allein lassen. Wie soll er ohne mich leben? Du verstehst das nicht. Ihr auf eurer ›Tariel‹ versteht überhaupt nichts. Ich werde alles tun, was verlangt wird. Jede x-beliebige Arbeit. Ich kann alles. Sei doch nicht so herzlos.«

»Shenetschka, schau dich einmal um. Das da sind alles Mütter.«

»Er ist aber nicht so wie die anderen. Er ist schwach und launisch. Er kann nicht sein ohne mich. Er kann es einfach nicht. Ich muß es doch am besten wissen. Willst du etwa ausnützen, daß ich mich bei niemandem über dich beschweren kann?«

»Und du, willst du etwa den Platz eines Kindes einnehmen, das dann hierbleiben muß?«

»Niemand wird zurückbleiben«, sagte sie leidenschaftlich. »Ich bin ganz sicher, niemand! Alle werden unterkommen. Ich brauche ja so gut wie gar keinen Platz. Ihr habt doch bestimmt irgendwelche Maschinenräume, irgendwelche Kammern. Ich muß unbedingt bei ihm sein!«

»Entschuldige, aber ich kann nichts für dich tun.«

»Doch, du kannst! Du bist der Kapitän und kannst alles. Du warst doch immer ein guter Mensch, Lenja.«

»Ich bin jetzt nicht anders als früher. Du kannst dir gar nicht vorstellen, wie wahr es ist, wenn ich das behaupte.«

»Ich werde nicht von deiner Seite weichen«, sagte sie und verstummte.

»Na schön«, antwortete Gorbowski. »Wir werden es so machen: Ich bringe jetzt Aljoschka an Bord, schaue mir die Räumlichkeiten an und komme dann zu dir zurück. Einverstanden?«

Sie sah ihm forschend in die Augen. »Gut, ich weiß, daß du mich nicht betrügen wirst. Das hast du noch nie getan.«

»Nein, ich werde niemanden betrügen: Wenn das Raumschiff startet, bist du an meiner Seite. Gib mir den Jungen.«

Wie im Schlaf, ohne den Blick von seinem Gesicht zu lösen, schob sie ihm Aljoschka hin. »Geh nur, geh, Alik«, sagte sie. »Geh mit Onkel Lenja.«

»Wohin?« fragte der Junge.

»Aufs Schiff«, antwortete Gorbowski und nahm ihn an der Hand. »Wohin denn sonst? Auf dieses Schiff da. Zu dem Onkel dort. Willst du?«

»Ja, zu dem Onkel will ich«, erklärte der Junge. Die Mutter schaute er gar nicht mehr an. Sie gingen gemeinsam zur Gangway, auf der die letzten Kinder emporstiegen. Gorbowski sagte zu dem Erzieher: »Tragen Sie ihn in die Liste ein. Alexej Matwejewitsch Wjasanizyn.«

Der Erzieher sah zuerst den Jungen an, dann Gorbowski und nickte, wobei er den Namen notierte. Gorbowski stieg langsam die Stufen hinauf und bugsierte Aljoscha, indem er ihn anhob, durch die Lukenöffnung.

»Das hier ist das Unterdeck«, sagte er.

Mit einem Ruck riß sich der Junge los, ging zielstrebig auf Percy Dickson zu und begann ihn zu mustern. Gorbowski setzte Surds Gemälde, das er noch immer auf der Schulter trug, ab und stellte es in die Ecke. Was war noch? dachte er bei sich. Ach ja! Er ging abermals zur Luke, beugte sich hinaus und nahm Maljajews Akten entgegen.

»Danke«, sagte Maljajew lächelnd, »Sie haben es nicht vergessen . . . Wir wünschen Ihnen guten Flug.«

Patrick lächelte gleichfalls. Sie nickten ihm noch einmal zu und verschwanden in der Menge. Shenja stand direkt unter der Luke, und Gorbowski winkte ihr. Dann wandte er sich an Dickson. »Heiß?« fragte er.

»Schrecklich. Wenn ich mich wenigstens abbrausen könnte. Aber die Duschräume sind mit Kindern belegt.«

»Mach die Duschräume frei«, erwiderte Gorbowski. »Das ist leicht gesagt.« Dickson ächzte und lockerte mühsam den engen Uniformkragen. »Mein Bart wächst schon fast den Hals hinunter«, murmelte er. »Er sticht unerträglich, der ganze Körper juckt mir.«

»Onkel«, fragte Aljoscha, »ist dein Bart auch echt?«

»Kannst mal dran zupfen«, antwortete Percy mit einem Seufzer und beugte sich hinunter.

Der Junge zog daran. »Ist trotzdem kein richtiger Bart«, erklärte er.

Gorbowski faßte Aljoscha an der Schulter, der aber machte sich los.

»Ich gehe nicht mit dir«, sagte er. »Ich will mit dem Kapitän gehen.«

»Na gut«, meinte Gorbowski. »Percy, bring ihn zm Erzieher.«

Vor der Tür, die zum Korridor führte, blieb er gebückt stehen.

»Fall nicht in Ohnmacht«, rief Dickson ihm nach.

Gorbowski öffnete die Tür. Nein, so etwas hatte es auf der Landefähre bisher noch nicht gegeben. Das war ein Kreischen und Lachen, ein Pfeifen, Zwitschern, Gurren, Hämmern, Klingen, Trampeln, Klirren, Säuglingsgeschrei . . . Dazu kamen die unverwechselbaren Gerüche von Milch, Honig, Medikamenten, von erhitzten Kinderkörpern, Seife – und alles das trotz der Klimaanlage, trotz der Havarie-Ventilatoren, die auf Hochtouren arbeiteten. Gorbowski jonglierte sich vorsichtig durch den Flur, bemüht, niemanden zu treten, und schaute dabei sorgenvoll in die offenstehenden Türen. Dort wurde gehüpft, getanzt, wiegte jemand eine Puppe, feuerte einer aus einem Gewehr, schleuderte ein anderer ein Lasso, da drängten sich in unvorstellbarer Enge an die vierzig Jungen und Mädchen im Alter von zwei bis sechs Jahren zusammen, die auf und unter den Betten saßen, zwischen Tisch- und Stuhlbeinen herumkrabbelten. Die beiden Erzieher liefen besorgt von einer Kabine zur anderen. Im Mannschaftslogis, das fast seines ganzen Mobiliars beraubt worden war, wickelten und stillten junge Mütter ihre Neugeborenen. Hier war auch eine Art Krippe eingerichtet worden, wo gerade fünf Krabbelkinder auf allen vieren umhertapsten und dabei ihre Vogelstimmen lebhaft gebrauchten. Voller Beklemmung stellte sich Gorbowski dieses Gewimmel im Zustand der Schwerelosigkeit vor.

Die Kommandozentrale erkannte er, da sie völlig ausgeräumt worden war, kaum wieder. Die riesige Kontrollkonsole, die fast ein Drittel der Kabine einnahm, fehlte. Auch das Steuerpult und der Pilotensessel waren verschwunden, ebenso der Bildschirm und der Sessel, der vor dem Rechenautomaten stand. Der Automat selbst war zur Hälfte demontiert, und seine schimmernden Blockelemente lagen frei. Die Landefähre hatte aufgehört, ein Raumfahrzeug zu sein. Sie hatte sich in eine schlichte, mit Eigenantrieb versehene interplanetare Barke verwandelt, die zwar ihr gutes Flugvermögen beibehalten hatte, jedoch nur für Flüge mit Trägheitsnavigation eingesetzt werden konnte.

Gorbowski steckte die Hände in die Taschen. Dickson, der neben ihm stand, seufzte tief auf.

»Soso«, sagte Gorbowski, »und wo ist Walkenstein?«

»Hier.« Der Gesuchte kam aus dem Rechenautomaten gekrochen. Er sah blaß und sehr entschlossen aus.

»Bist ein ganzer Kerl, Mark«, sagte Gorbowski. »Und du auch, Dickson. Danke.«

»Pischta hat schon dreimal nach dir gefragt«, sagte Mark und verschwand wieder im Rechner. »Er ist an der Gepäckluke.«

Gorbowski durchquerte die Kommandozentrale und ging zur Lastenabteilung. Ihm wurde unheimlich zumute. Hier, in dem langen, schmalen, spärlich beleuchteten Raum standen eng aneinandergepreßt die Jungen und Mädchen, die bereits zur Schule gingen. Sie standen stumm da, fast ohne sich zu rühren, lediglich von einem Fuß auf den anderen tretend, und schauten durch die weit geöffnete Luke, wo der blaue Himmel und das flache weiße Dach eines weit entfernten Speichers sichtbar wurden.

Einige Sekunden blickte Gorbowski mit zusammengebissenen Zähnen auf die Kinder, dann sagte er: »Die Schüler der ersten Klasse in den Korridor bringen. Die zweite und dritte Klasse in die

Kommandozentrale. Jetzt gleich.«

»Das ist noch nicht alles«, bemerkte Dickson, der Gorbowski beobachtet hatte, leise. »Zehn Kinder sind auf dem Weg von ihrem Städtchen hierher verschollen ... Es ist anzunehmen, daß sie umgekommen sind. Außerdem haben sich die Schüler einer höheren Klasse geweigert, an Bord zu gehen. Und eben ist noch eine Gruppe von Kindern eingetroffen, deren Eltern besuchsweise auf dem Regenbogenplaneten sind. Nun, du wirst ja selbst sehen.«

»Mach es trotzdem so, wie ich gesagt habe«, ordnete Gorbowski an. »Die ersten drei Klassen in den Korridor und die Kommandozentrale. Und hierher Scheinwerfer und Leinwand, um Filme vorzuführen. Historische Filme. Die werden den Kindern gefallen. Los, Percy ... Ach, noch etwas. Bilde aus den Kindern eine Kette zu Walkenstein. Sollen sie ein paar Gegenstände weiterreichen, das wird sie ein wenig ablenken.«

Er zwängte sich mit Mühe zur Luke durch und rannte nach unten. Am Fuß der Treppe stand, umringt von Erziehern, eine Gruppe von Kindern unterschiedlichen Alters. Links davon lagen, achtlos aufgehäuft, die wertvollsten Kulturgüter des Regenbogenplaneten: Dokumente, Akten, Maschinen und Maschinenmodelle, in Stoff gewickelte Skulpturen, verschnürte Gemälde. Rechts aber, in etwa zwanzig Schritt Entfernung, standen einige finster dreinschauende Jungen und Mädchen von etwa fünfzehn, sechzehn Jahren. Vor ihnen ging, sehr ernst, den Kopf etwas geneigt, die Hände auf dem Rücken, Stanislaw Pischta auf und ab. Er sprach leise, aber eindringlich.

»... Betrachtet das als eine Prüfung. Denkt weniger an euch und mehr an die anderen. Was ist euch eigentlich so peinlich an der ganzen Sache? Nehmt euch zusammen und laßt euch nicht von Gefühlen unterkriegen!«

Die jungen Leute schwiegen beharrlich. Auch die Erwachsenen, die sich vor der Gepäckluke drängten, schwiegen bedrückt. Einige der Schüler sahen sich verstohlen nach einer Möglichkeit zu entwischen um, doch ausgeschlossen – ringsum standen ihre Väter und Mütter. Gorbowski sah zur Luke hinüber. Sogar von hier aus war zu erkennen, daß die »Tariel« zum Bersten voll war. In der Lukenöffnung, die die Breite eines Tores besaß, standen in dichter Kette die Kinder. Ihre Gesichter jedoch waren alles andere als kindlich – sie waren ernst und traurig.

Ein großer, sympathisch aussehender junger Mann mit unsicheren Blicken, die so gar nicht zu seinem übrigen Äußeren paßten, zwängte sich seitlich an Gorbowski heran. »Auf ein Wort, Kapitän«, sagte er mit bebender Stimme. »Ganz kurz nur ...«

»Einen Moment«, antwortete Gorbowski. Er trat zu Pischta und nahm ihn bei den Schultern. »Der Platz reicht für alle«, fuhr dieser zu reden fort. »Das braucht euch nicht zu beunruhigen.«

»Stanislaw«, sagte Gorbowski, »sieh zu, daß du den Rest noch an Bord kriegst.«

»Dort ist nichts mehr frei«, flüsterte Pischta Gorbowski zu. »Wir haben auf dich gewartet. Es wäre günstig, die Reserve-D-Kammer zu räumen.«

»Die ›Tariel‹ hat keine Reserve-D-Kammer. Aber wir werden gleich Platz schaffen. Mach dich bereit.«

Gorbowski blieb nun allein mit den Schülern zurück.

»Wir wollen nicht fliegen«, erklärte einer von ihnen, ein großer weißblonder Bursche mit leuchtenden grünen Augen. »Die Erzieher sollen fliegen.«

»Richtig«, sagte ein zierliches Mädchen in Trainingshosen.

Im Hintergrund war Percy Dickson zu vernehmen: »Werft die Sachen runter! Gleich auf die Erde!«

Aus der Luke purzelten mit klingendem Geräusch Bauteile von Blocksystemen. Die Kette der Kinder hatte ihre Tätigkeit aufgenommen.

»Hört zu, Jungs und Mädels«, begann Gorbowski. »Erstens habt ihr kein Stimmrecht, weil ihr noch zur Schule geht, zweitens appelliere ich an euer Gewissen. Es stimmt schon, ihr seid jung und wollt Heldentaten vollbringen. Aber die Sache ist die, daß ihr auf der ›Tariel‹ gebraucht werdet, hier dagegen überhaupt nicht. Voller Sorge denke ich daran, was sich während des Inertialfluges abspielen kann. Pro Kajüte mit Vorschülern werden je zwei ältere Schüler benötigt, mindestens drei geschickte Mädchen für die Krippe und zur Unterstützung für die Mütter mit Neugeborenen. Kurz gesagt, der Einsatz an Bord wird von euch erwartet.«

»Entschuldigen Sie, Kapitän«, fiel ihm der Grünäugige ironisch ins Wort. »All diese Pflichten können doch wohl ausgezeichnet die Erzieherinnen übernehmen.«

»Entschuldigen Sie, junger Mann«, antwortete Gorbowski im gleichen Tonfall. »Immerhin nehme ich an, daß Ihnen die Rechte des Kapitäns bekannt sind. Und als Kapitän versichere ich Ihnen, daß lediglich zwei Erzieher mitfliegen werden. Vor allem aber«, er wandte sich wieder an alle, »strengt euch mal an und überlegt ein bißchen, wie wohl euren Erziehern zumute sein muß, wenn sie an Bord die Plätze ihrer Schüler einnehmen. So schwer ist das doch wirklich nicht zu begreifen. Die Zeit der Sorglosigkeit ist vorbei. Leider lernt ihr das Leben jetzt von seiner härtesten Seite kennen, so wie es glücklicherweise selten ist. Und nun entschuldigt mich, ich habe zu tun. Noch eins, falls es euch tröstet: Ihr werdet als letzte an Bord gehen. Das war's.«

Gorbowski wandte ihnen den Rücken zu und stolperte fast über den großen jungen Mann mit den unsicheren Blicken, der ihn kurz zuvor angesprochen hatte.

»Ach herrje! Verzeihen Sie bitte, ich hatte Sie ganz vergessen«, bemerkte er.

»Sie sagten eben, zwei Erzieher würden fahren«, begann der Hüne mit belegter Stimme. »Wer ist es?«

»Und wer sind Sie?« fragte Gorbowski.

»Ich bin Robert Skljarow. Null-Physiker. Doch darum geht es nicht. Ich werde Ihnen gleich alles erklären. Nur sagen Sie mir zuerst, wer von den Erziehern fliegen wird.«

»Skljarow, Skljarow ... Der Name kommt mir so bekannt vor. Wo habe ich ihn bloß schon gehört?«

»Kamillo«, half ihm der andere auf die Sprünge und lächelte gezwungen.

»Ach ja«, sagte Gorbowski. »Sie wollen also wissen, wer von den Erziehern fliegen wird.« Er musterte den jungen Mann. »Gut, ich werde es Ihnen sagen. Nur Ihnen. Fliegen werden der Leiter der Kinderkolonie und der Chefarzt. Sie wissen es selbst noch nicht.«

»Nein«, flehte Skljarow und packte Gorbowski am Arm. »Noch jemand ... noch eine ... Tatjana Turtschina ... Sie ist auch Erzieherin ... und sehr beliebt ... eine erfahrene Erzieherin.«

Gorbowski löste sich aus dem Griff. »Das geht nicht«, erwiderte er. »Es geht nicht, mein Lieber. An Bord kommen nur Kinder und Mütter mit Neugeborenen, klar? Ich wiederhole: nur Kinder und stillende Mütter.«

»Sie gehört auch dazu!« fiel Robert ihm hastig ins Wort. »Sie ist ebenfalls Mutter. Sie erwartet ein Kind. Mein Kind! Fragen Sie sie selbst ... Sie ist auch Mutter!«

Gorbowski verspürte einen heftigen Stoß an der Schulter. Er kam ins Stolpern und bemerkte, daß Skljarow erschrocken den Rückzug antrat, während eine kleine, zierliche Frau resolut auf ihn zuschritt.

Ihr Gesicht, das man fast als klassisch schön bezeichnen konnte, trug einen starren Ausdruck. Ihr goldblondes Haar war von grauen Strähnen durchzogen. Gorbowski fuhr sich mit der Hand über die Stirn und wandte sich wieder zur Treppe.

Jetzt standen hier nur noch die oberen Klassen und die Erzieher. Die übrigen Erwachsenen zerstreuten sich allmählich. In der Luke stand mit ausgebreiteten Armen Stanislaw Pischta und rief: »Rückt etwas zusammen, Kinder! Mike, gib der Kommandozentrale durch, sie sollen aufrücken! Na los, noch ein bißchen!«

Ernste Kinderstimmen antworteten ihm: »Es geht nicht mehr. Wir stehen schon alle ganz eng.«

Dann dröhnte die tiefe Stimme Percy Dicksons los: »Was heißt, es geht nicht mehr? Und hier, hinter dem Pult? Komm ruhig her, Kleine, hab keine Angst, hier kannst du keinen elektrischen Schlag bekommen . . . Du auch, die Stupsnase da . . . Na, beeilt euch! Und du . . . So, jawohl.«

Und die etwas schneidende Stimme Mark Walkensteins sagte: »Macht mal Platz, Kinder . . . Laßt mich durch . . . Beweg dich, Mädchen . . . Du auch, Kleiner.«

Pischta tat einen Schritt zur Seite und ließ Walkenstein durch, der neben ihm aufgetaucht war, die Jacke lose um die Schultern geworfen.

»Ich bleibe auf dem Regenbogenplaneten«, sagte Mark. »Fahr ohne mich, Leonid.« Sein Blick schweifte suchend über die Menschenmenge.

Gorbowski nickte. »Ist der Arzt an Bord?« fragte er.

»Ja«, antwortete Mark. »An Erwachsenen sind dort nur der Arzt und Dickson.«

Aus der Luke drang plötzlich Gelächter.

»Ach, ihr seid mir schon die Richtigen«, keuchte Dickson. »So muß man das machen . . . Eins-zwei, eins-zwei . . .«

Dann tauchte Percy in der Lukenöffnung, direkt über Pischtas Kopf, auf. Sein Gesicht, ihnen zugewandt, war schweißüberströmt und dunkelrot angelaufen.

»Halt mich fest, Leonid«, ächzte er, »ich falle gleich runter.«

Die Kinder lachten. Es war in der Tat ein komischer Anblick, den dicken Bordingenieur wie eine Fliege an der Decke hängen zu sehen, wobei er sich mit Händen und Füßen an den Gepäckhalterungen festklammerte, um auf diesem Weg aus dem überfüllten Raumschiff zu gelangen.

Er war wuchtig und dampfte vor Hitze. Als Pischta und Gorbowski ihn herausgezogen und auf die Beine gestellt hatten, sagte er schwer atmed: »Alt bin ich. Ziemlich alt.« Schuldbewußt blinzelnd sah er Gorbowski an. »Ich halt's dort nicht aus, Leonid. So eng, stickig und heiß, wie es da ist . . . Dazu diese vermaledeite Uniform. Ich bleibe hier, flieg mit Mark.« Dann fügte er scherzhaft hinzu: »Außerdem habe ich euch, ehrlich gesagt, auch alle satt.«

»Na, dann leb wohl, Percy«, sagte Gorbowski.

»Leb wohl, alter Freund«, antwortete Dickson gerührt.

Gorbowski lächelte geheimnisvoll und klopfte ihm auf die Schulter.

»Das wär's also, Stanislaw«, sagte er, zu Pischta gewandt. »Du mußt nun ohne Bordingenieur auskommen. Deine Aufgabe wird es sein, auf die Umlaufbahn des Äquatorialsputniks zu gelangen und dort auf die ›Strela‹ zu warten. Das übrige erledigt der Kommandant der ›Strela‹.«

Einige Sekunden lang schwieg Pischta verblüfft. Dann begriff er. »Was willst du damit sagen, he?« fragte er leise und sah Gorbowski forschend ins Gesicht. »Was soll denn das heißen! Du gehörst doch zur Besatzung! Was sind das für Mätzchen?«

»Mätzchen?« sagte Gorbowski. »Das sind keine Mätzchen. Geh jetzt. Du trägst für alle die Verantwortung. Bis zum Schluß.« Er wandte sich an die älteren Schüler: »Marsch an Bord!« Dann wieder zu Pischta: »Geh voraus, sonst kommst du nicht durch.«

Pischta sah die großen Schüler, wie sie langsam und niedergeschlagen auf die Treppe zugingen, schaute zur Luke, in der einzelne Kindergesichter auszumachen waren, dann gab er Gorbowski einen schnellen, linkischen Kuß auf die Wange, nickte Mark und Dickson zu und griff, indem er sich auf die Zehenspitzen erhob, nach den Halterungen. Gorbowski gab ihm noch einen leichten Schubs zur Unterstützung. Einer nach dem anderen zwängten sich die Schüler mit betonter Würde und Gemessenheit ins Innere der Landefähre durch, wobei sie sich durch vielerlei Bemerkungen Mut zu machen suchten: »Na, mach schon! Behalt die Nase im Gesicht, sonst tritt dir noch einer drauf! Wer heult denn da? Kopf hoch!« Als letzte war das Mädchen mit den Trainingshosen an der Reihe. Für einen Moment blieb sie stehen und sah Gorbowski hoffnungsvoll an, der jedoch machte ein steinernes Gesicht.

»Es ist kein Platz mehr, sehen Sie?« sagte sie leise. »Ich paß nicht mehr rein.«

»Du wirst ein bißchen dünner werden«, versicherte ihr Gorbowski und schob sie an den Schultern sacht zu den anderen hinein. Dann fragte er Dickson: »Und wo ist der Filmapparat?«

»Es ist an alles gedacht«, antwortete Percy gewichtig.

»Das Kino fängt im Augenblick des Starts an. Kinder lieben Überraschungen.«

»Pischta!« rief Gorbowski. »Bist du bereit?«

»Fertig!« kam es dumpf zurück.

»Dann starte, Pischta! Guten Flug! Mach die Luken dicht! Guten Flug, Kinder!«

Der schwere Lukendeckel rollte geräuschlos in den Führungsschienen herunter. Gorbowski winkte zum Abschied und wollte schon vom Lukensüll zurücktreten, als ihm plötzlich noch etwas einfiel. »Halt!« schrie er. »Der Brief!«

In der Brusttasche steckte er nicht, in der Seitentasche auch nicht. Die Luke schloß sich bereits. Aus unerklärlichen Gründen fand sich der Brief in der Innentasche. Gorbowski steckte ihn hastig dem Mädchen in den Trainingshosen zu und riß seine Hand fort. Im gleichen Moment schnappte die Luke zu. Gorbowski strich, er wußte selbst nicht warum, sacht über das bläulich schimmernde Metall, dann stieg er, ohne jemanden anzusehen, die Gangway hinunter, die anschließend von Dickson und Mark weggerollt wurde.

Vor der »Tariel« befanden sich nur noch wenige Leute, dafür kreisten über der Landefähre Dutzende von Hubschraubern und Flugwagen.

Gorbowski ging um die davor aufgehäuften Wertgegenstände herum, stolperte über eine Büste und gelangte schließlich zur Passagierluke, wo Shenja Wjasanizyna auf ihn warten sollte. Wenn Matwej wenigstens gekommen wäre, dachte er betrübt. Er fühlte sich erschöpft und ausgelaugt. Als er Matwej dann aber auf sich zukommen sah, schlug seine Apathie in Freude um. Allerdings war Matwej allein.

»Wo ist denn Shenja?« fragte Gorbowski.

Matwej blieb stehen und blickte um sich. »Sie war hier«, sagte er. »Ich habe mit ihr über Radiophon gesprochen . . . Was denn, sind die Luken schon zu?«

Er hielt noch immer Ausschau.

»Ja, jetzt beginnt gleich der Start«, antwortete Gorbowski, der sich ebenfalls nach allen Seiten hin umsah. Vielleicht ist sie in einem der Hubschrauber, dachte er. Aber er wußte, daß das unmöglich war.

»Wirklich eigenartig, daß Shenja nicht hier ist«, sagte Matwej.

»Vielleicht ist sie in einem der Hubschrauber«, sprach Gorbowski seinen Gedanken laut aus. Plötzlich hatte er begriffen, wo sie war. Hat sie es trotzdem geschafft, dachte er bei sich.

»Nun habe ich Aljoschka doch nicht mehr gesehen«, sagte Matwej bedauernd.

Ein seltsam anschwellender Ton, der an ein krampfartiges Seufzen erinnerte, erhob sich über dem Kosmodrom. Der gewaltige bläuliche Flugkörper löste sich von der Erde und gewann langsam an Höhe. Nun sehe ich zum ersten Mal den Start meines eigenen Raumschiffs, dachte Gorbowski.

Matwej verfolgte den Start sehr aufmerksam, plötzlich aber, als habe er die Gedanken des anderen erraten, wandte er sich, wie von der Tarantel gestochen, Gorbowski zu und starrte ihn verdutzt an.

»Halt mal . . .«, murmelte er. »Wie ist denn das möglich? Wieso bist du hier? Und die ›Tariel‹?«

»Pischta ist an Bord«, sagte Gorbowski.

Matwejs Augen wurden starr. »Schau mal dort . . .«, flüsterte er.

Gorbowski drehte sich um. Am Horizont stand ein gleichmäßig gleißender Streifen.

10

Als sie das Randgebiet der Hauptsiedlung erreicht hatten, bat Gorbowski anzuhalten. Dickson bremste und sah ihn abwartend an.

»Ich geh zu Fuß weiter«, erklärte Gorbowski und stieg aus. Nach ihm kletterte auch Mark heraus und half dann Alja Postyschewa aus dem Wagen. Vom Kosmodrom an hatten die beiden während der ganzen Fahrt schweigend auf dem Rücksitz gesessen und sich wie Kinder bei den Händen gehalten – Alja das Gesicht mit geschlossenen Augen an Marks Schulter gelehnt.

»Komm doch mit, Percy«, sagte Gorbowski. »Jetzt ist es nicht mehr heiß, so daß du für dein Herz nicht zu fürchten brauchst.«

Dickson schüttelte seinen zottigen Kopf. »Nein, Leonid«, erwiderte er. »Es ist besser, wir verabschieden uns hier. Ich fahre weiter.«

Es war kühl geworden. Die Sonne stand schon tief; es war, als leuchtete sie in einem Korridor mit schwarzen Wänden, denn beide Wellen – die nördliche und die südliche – hatten sich inzwischen hoch über den Horizont erhoben.

»Ich werde diesen Korridor entlangfahren«, sagte Dickson. »Solange es geht. Leb wohl, Leonid. Leb wohl, Mark. Und auch du, Alja, leb wohl. Geht jetzt . . . Ihr wollt sicher allein sein.«

»Ja«, sagte Mark, »leb wohl, Percy . . . Komm, Alja.«

Er lächelte Gorbowski flüchtig zu, legte einen Arm um das Mädchen und machte sich mit ihr auf den Weg. Gorbowski und Dickson sahen ihnen nach.

»Die beiden haben sich ein bißchen spät gefunden«, sagte Dickson.

»Möglich«, stimmte Gorbowski zu. »Trotzdem beneide ich sie.«

»Daß du immer alle Leute beneiden mußt, Leonid. Darin bist du wirklich einmalig. Aber abgesehen davon, ich beneide die beiden ebenfalls. Darum nämlich, weil sie jemanden haben, der in den letzten Minuten an sie denkt. An mich dagegen wird niemand denken . . . an dich übrigens auch nicht, Leonid . . .«

»Wenn du willst, werde ich an *dich* denken«, schlug Gorbowski vor.

»Ach was, das lohnt nicht.« Dickson kniff die Augen zusammen und schaute zur untergehenden Sonne. »Nun«, sagte er, »diesmal kommen wir, wie es scheint, nicht davon. Also dann: adieu, Leonid.«

Er nickte ein letztes Mal und fuhr los, während sich Gorbowski gemessenen Schritts, zusammen mit einigen anderen Leuten, die es ebenfalls in die Siedlung zog, auf der Chaussee in Marsch setzte. Er fühlte sich, eigentlich zum ersten Mal an diesem turbulenten, anstrengenden und schrecklichen Tag, leicht und ruhig. Um niemanden brauchte er sich mehr zu kümmern, brauchte keine Entscheidungen mehr zu treffen, alle um ihn her wurden selbst fertig, so daß auch er nun unabhängig war. Unabhängig und sorglos wie noch nie in seinem Leben.

Der Abend war schön, und ohne die schwarzen Wände rechts und links, die allmählich in den blauen Himmel hineinwuchsen, würde man ihn direkt als angenehm empfunden haben: still, klar, kühl, von rötlichen Sonnenstrahlen durchsetzt. Die Chaussee entvölkerte sich langsam; einige Leute gingen in die Steppe, andere ließen sich am Wegrand nieder.

In der Siedlung prangten entlang der Hauptstraße leuchtende Farbtupfen – die Künstler hatten ein letztes Mal ihre Werke ausgestellt. Mehrere Leute standen da und betrachteten gegen die Bordsteinkante, gegen Bäume und Häuserwände gelehnte oder an den Lichtmasten befestigte Bilder, hingen Erinnerungen nach und empfanden eine stille Freude. Lediglich ein unverbesserlicher Störenfried konnte es nicht lassen, einen Streit vom Zaun zu brechen. Eine hübsche, zierliche Frau ging, bitterlich schluchzend, vorüber und wiederholte ein ums andere Mal: »Wie konnte er das tun . . . Mein Gott, wie konnte er das tun!« Gorbowski glaubte, sie schon einmal gesehen zu haben, entsann sich aber nicht mehr, wo.

Da vernahm er eine Melodie, die ihm unbekannt war. In einem Terrassencafé, gleich neben dem Ratsgebäude, spielte ein schmächtiger Mann leidenschaftlich und überaus temperamentvoll auf einer Konzertorgel. Die Leute an den Tischen hörten ihm aufmerksam zu; fast reglos saßen sie da, und viele, die keinen Platz gefunden hatten, saßen auf den Stufen oder direkt auf dem Rasen vor dem Café, um dem Spiel zu lauschen. An der Orgelbank lehnte ein großes Pappschild, auf dem mit ungelenken Buchstaben geschrieben stand: »Der ferne Regenbogen. Unvollendet.«

Um den Stollen drängten sich viele Leute, und alle waren sie beschäftigt. Matt glänzte die riesige, noch unfertige Eingangswölbung. Aus dem Theatergebäude kamen in langer Reihe die Null-Physiker zum Bunker und schleppten Aktenbündel, Päckchen und unzählige Schachteln heran. Gorbowski fiel sofort die Mappe ein, die Maljajew ihm anvertraut hatte. Er versuchte sich zu erinnern, in welcher Ecke des Raumschiffs er sie verstaut hatte. Wahrscheinlich in der Kommandozentrale. Oder im Unterdeck? Lieber nicht daran denken . . . Es lohnte nicht mehr. Jetzt wollte er aller Sorgen ledig sein. Eigenartig, hatten die Physiker wirklich noch Hoffnung? Wo es doch inzwischen klar war, daß keinerlei Unterstand die Menschen mehr retten konnte. Höchstens noch lohnte es, einige Arbeitsergebnisse vor der Welle in Sicherheit zu bringen. Aber auch dazu mußte ein Wunder geschehen. Seltsamerweise glaubten ausgerechnet die größten Skeptiker und Vernunftsmenschen auf dem Planeten an ein solches Wunder . . .

An der Auffahrt zum Ratsgebäude saß mit ausgestreckten Beinen ein Mann in einer zerrissenen Fliegeruniform. Er war blind, sein Gesicht von Binden vermummt. Auf seinen Knien lag ein mit Nickel verziertes, blitzendes Banjo. Mit zurückgeworfenem Kopf lauschte der Blinde der Musik vom »Fernen Regenbogen«.

Am Eingang zum Unterstand tauchte plötzlich der Pseudopilot Hans auf; er trug einen großen Ballen auf der Schulter. Als er Gorbowski gewahrte, lächelte er und sagte im Vorbeigehen: »Hallo, Kapitän! Was machen die Ulmotrone? Haben Sie noch welche abbekommen? Wir sind jetzt dabei, unsere Archive zu begraben . . . Ziemliche Schinderei. Ein verrückter Tag ist das heute!« Hans war offenbar der einzige auf dem Regenbogenplaneten, der nicht mitbekommen hatte, daß Gorbowski tatsächlich der Kommandant der »Tariel« war.

Gleich darauf hörte Gorbowski laut seinen Namen rufen und sah am Ratsgebäude hoch. Matwej hatte sich zum Fenster seines Arbeitszimmers hinausgelehnt und sagte: »Die ›Tariel‹ ist bereits auf der Umlaufbahn. Dort ist alles in Ordnung. Wir haben uns eben verabschiedet.«

»Komm doch runter«, schlug Gorbowski vor. »Wir gehen zusammen . . .«

Matwej schüttelte den Kopf. »Das geht leider nicht, mein Lieber. Ich habe noch eine Menge zu tun, und die Zeit drängt . . .« Er schwieg einen Augenblick und fügte dann etwas verlegen hinzu: »Shenja hat sich übrigens angefunden, und weißt du, wo?«

»Ich kann es mir denken«, antwortete Gorbowski.

»Warum hast du das zugelassen?« fragte Matwej.

»Mein Ehrenwort, ich habe nichts damit zu tun«, sagte Gorbowski.

Matwej schüttelte nochmals, diesmal vorwurfsvoll, den Kopf und verschwand vom Fenster. Gorbowski aber schlug den Weg zum Strand ein.

Es war ein herrlicher, goldgelber Strand mit bequemen Liegen und farbenfrohen Sonnenschirmen. An der kleinen Anlegestelle waren, nebeneinander ausgerichtet, mehrere Kutter und Boote festgemacht. Gorbowski machte es sich auf einer der Liegen bequem, streckte behaglich die Beine aus, verschränkte die Hände über dem Bauch und betrachtete den westlichen Himmel mit der glutroten Abendsonne. Rechts und links ragten tiefschwarze Wände auf; er bemühte sich, sie nicht zur Kenntnis zu nehmen.

Jetzt würde ich normalerweise zur Laaland-Expedition starten, dachte er im Dahindämmern. Wir würden zu dritt in der Kommandokabine sitzen, und ich könnte den anderen erzählen, wie herrlich der Regenbogenplanet ist, wie ich ihn an einem einzigen Tag kreuz und quer durchfahren habe. Percy Dickson würde wie immer schweigsam dasitzen und sich den Bart um den Finger wickeln, während Mark in seiner üblichen Manier knurren würde, daß es überall in der Welt das gleiche zu sehen gibt und es hier wie dort langweilig ist. Und morgen um diese Zeit würden wir die Umlaufbahn verlassen . . .

Gorbowski sah die junge Frau, die ihm kurz zuvor aufgefallen war, vorübergehen und wußte plötzlich, wer sie war: die Erzieherin, die auf dem Kosmodrom sein unangenehmes Gespräch mit Skljarow zur rechten Zeit unterbrochen hatte. Sie ging direkt am Wasser entlang, und ihr Gesicht hatte jetzt nicht mehr den harten Ausdruck, es war lediglich unendlich müde. Etwa fünfzig Meter entfernt von ihm blieb sie stehen, sah aufs Meer hinaus und setzte sich dann in den Sand, wobei sie das Kinn auf die Knie stützte. Im gleichen Moment hörte Gorbowski jemanden hinter sich seufzen, und als er sich umwandte, bemerkte er Skljarow, der ebenfalls zu dem Mädchen hinüberschaute.

»Das ist ja alles so sinnlos«, sagte Robert leise. »Mir scheint, ich habe mein Leben umsonst gelebt, und das Schlimmste hat sich mir für den letzten Tag aufgespart . . .«

»Was, mein Junge«, erwiderte Gorbowski, »kann es am letzten Tag überhaupt Gutes geben?«

»Sie wissen ja noch nicht, was ich . . .«

»Doch, ich weiß«, unterbrach ihn Gorbowski. »Ich weiß alles.«

»Nein, nein . . . Dann würden Sie anders mit mir reden.«

»Wie denn?«

»Jedenfalls nicht wie mit einem gewöhnlichen Menschen. Eher wie mit einem unverbesserlichen Egoisten, einem Schuft.«

»Na, na«, sagte Gorbowski. »Ein Egoist, ein Schuft, was denn noch alles?«

»Und doch stimmt es«, wiederholte Robert halsstarrig. »Es ist wahrscheinlich noch viel zu schwach ausgedrückt, denn ich bin nach wie vor der Meinung, daß ich richtig gehandelt habe.«

»Unverbesserliche Egoisten und Schufte gibt es für mich nicht«, sagte Gorbowski. »Ich glaube eher an einen Menschen, der auferstehen kann, als an einen, der zu einem Verbrechen imstande ist.«

»Sie brauchen mich nicht zu trösten. Ich sagte doch, daß Sie noch nicht alles wissen.«

Gorbowski schaute ihn ruhig an und sagte: »Vergeuden Sie keine Zeit, Robert. Gehen Sie zu ihr. Setzen Sie sich neben sie . . . Ich liege zwar sehr bequem hier, aber wenn Sie mich brauchen sollten, will ich Ihnen gern helfen . . .«

»Daß doch alles immer ganz anders laufen muß, als man es sich vorstellt«, sagte Robert zerknirscht. »Ich war überzeugt, sie zu retten. Ich glaubte, zu allem bereit zu sein. Aber ich habe dabei wohl doch zu sehr an mich gedacht . . . Na, ich gehe«, schloß er abrupt.

Gorbowski sah Robert nach. Er bemerkte, mit welch großen und sicheren Schritten der andere losging und wie sein Gang dann immer langsamer wurde. Schließlich trat er aber doch auf das Mädchen zu und setzte sich neben sie. Sie rückte nicht ab von ihm.

Einige Zeit betrachtete Gorbowski die beiden und versuchte sich darüber klarzuwerden, ob er sie eigentlich beneidete oder nicht. Dann aber schlief er fest ein. Die Berührung von etwas Kaltem weckte ihn. Er blinzelte durch die Wimpern und erblickte Kamillo – den gewohnten Helm und das gelangweilte Gesicht mit den Glaskugelaugen.

»Ich wußte, daß Sie hier sind, Leonid«, erklärte Kamillo. »Ich habe Sie gesucht und gefunden.«

»Guten Tag, Kamillo«, murmelte Gorbowski. »Ist das nicht sehr langweilig, immer alles zu wissen?«

Kamillo zog sich eine Pritsche heran und setzte sich in der Haltung eines Menschen, dem die Wirbelsäule gebrochen war. »Es gibt langweiligere Dinge«, erwiderte er. »Ich habe alles so satt! Das Ganze war ein riesiger Irrtum.«

»Wie sieht's im Jenseits aus?« fragte Gorbowski.

»Finster«, antwortete Kamillo. Nach einer kurzen Pause fügte er hinzu: »Heute bin ich dreimal gestorben und dreimal wiederauferstanden. Und jedesmal war es sehr schmerzhaft.«

»Dreimal«, wiederholte Gorbowski. »Das ist ein Rekord.« Er musterte den anderen. »Sagen Sie mir die Wahrheit, Kamillo. Ich komme da nicht ganz klar. Sind Sie eigentlich ein Mensch? Sie brauchen sich nicht zu genieren. Ich habe keine Gelegenheit mehr, es weiterzuerzählen.«

Kamillo überlegte. »Ich weiß es nicht«, sagte er schließlich. »Ich bin der letzte der ›Teufelsbrüder‹. Der Versuch damals war nicht gelungen, Leonid. Aus dem Zustand des ›Wollens, aber Nicht-Könnens‹ bin ich in den Zustand des ›Könnens, aber Nicht-Wollens‹ geraten . . . Das ist ein trauriges Gefühl: können und nicht wollen.«

Gorbowski hörte mit geschlossenen Augen zu. »Ja, ich verstehe«, erwiderte er. »Können und nicht wollen – das ist die Eigenschaft der Maschine. Das traurige Gefühl hingegen – das Erbteil des Menschen.«

»Gar nichts verstehen Sie«, sagte Kamillo. »Ihr Menschen liebt es, von der Weisheit der Patriarchen zu schwärmen, die über keinerlei Wünsche, Gefühle, nicht einmal über Empfindungen verfügen. Den reinen Verstand, ein daltonisches Gehirn, die große Logik – das ist es, was ihr anbetet. Doch logische Methoden erfordern eine absolute Hingabe. Um in der Wissenschaft etwas zu leisten, muß man ihr Tag und Nacht opfern, muß man stets an ein und dasselbe denken, ein und dasselbe lesen, über ein und dasselbe reden . . . Wo aber bleibt dann das eigene psychische Prisma? Die angeborene Fähigkeit zum Empfinden? Schließlich lohnt es doch zu lieben, Bücher über die Liebe zu lesen, braucht man doch das Grün der Natur, die Musik und Malerei, das Gefühl des Unbefriedigtseins, der Angst, des Neides . . . Ihr seid bestrebt, das alles zurückzudrängen, und büßt damit einen Großteil eures Glücks ein. Ihr wißt das übrigens sehr gut. Und indem ihr diese Erkenntnis aus eurem Innern zu verbannen und dem quälenden Zwiespalt ein Ende zu machen sucht, kastriert ihr euch. Ihr trennt die emotionale Hälfte eures Ich gewaltsam von euch ab und laßt nur eine einzige Reaktion auf die euch umgebende Welt gelten: den Zweifel. Alles anzweifeln – das ist euer Leitmotiv!« Kamillo verstummte. »Und dann erwartet euch die Einsamkeit.« Kamillo sah auf das abendliche Meer, den kühler werdenden Strand, die verlassenen Pritschen, die seltsame, überdimensionale Schatten warfen. »Die Einsamkeit . . .«, wiederholte Kamillo gedankenverloren. »Ihr Menschen habt mich immer gemieden. Immer saht ihr in mir nur einen überflüssigen, aufdringlichen und wunderlichen Kauz, den niemand verstand. Auch jetzt geht ihr wieder fort von mir und laßt mich allein hier zurück. Heute nacht werde ich ein viertes Mal auferstehen, ein Verlassener auf dem toten Planeten, der dann von Schnee und Asche zugedeckt ist . . .«

Am Strand wurde es plötzlich laut. Die Testflieger stapften durch den Sand hinunter zum Meer – acht verhinderte Null-Flieger. Sieben trugen auf ihren Schultern den achten, Erblindeten, mit dem von Binden umwickelten Gesicht. Der Blinde spielte mit zurückgeworfenem Kopf Banjo, und die übrigen sangen dazu:

Wenn großes, schweres Leid
dir wie finsteres Wasser
   bis zur Brust reicht,
so schaust du trotzdem ungebeugt
durch das blaue Dunkel
   und gehst deinen Weg ...

Ohne sich umzublicken, wateten die jungen Leute ins Meer. Das Wasser reichte ihnen bis zur Hüfte, dann bis an die Brust, schließlich schwammen sie, den blinden Kameraden auf ihren Rücken, im Spiegelbild der untergehenden Sonne. Rechts von ihnen stand eine schwarze, fast bis an den Zenit reichende Wand, und links von ihnen stand eine schwarze, fast bis an den Zenit reichende Wand. Lediglich ein schmaler, dunkelblauer Himmelsstreifen mit der roten Sonne war noch frei und auf dem Wasser die Spur zerfließenden Goldes, in der sie schwammen. Bald darauf hoben sie sich überhaupt nicht mehr ab von den tanzenden Lichtflecken; nur noch das Spiel des Banjos und ihr Gesang klangen herüber.